猫はあくびで未来を描く

『ねこ新聞』監修

竹書房

猫はあくびで未来を描く

目次

編集　柴田洋史
装幀　河上妙子デザイン事務所
装画・挿画　浅生ハルミン
池田あきこ（p24）

The cat creates the future by a yawn.

ごはんの優先順位

角田光代（作家）

ごはんを食べなくても平気な人がたまにいる。仕事がたてこんでいたり、何かに集中したりしていると、一食二食、抜いてしまう。そういう人たちは、お昼ごはんが午後二時にずれこんでも午後四時にずれこんでも、なんとも思っていない。そのずれこんだお昼ごはんが、まんじゅうひとつであってもポテトチップスであっても、文句も言わない。

私からしたらまったく信じられない人種だ。私はお昼のごはんが午後一時にずれても我慢ができない。午後二時にずれようものならば、泣く。泣きたくなどないが、泣けてくる。もし、その原因を作ったのが他者であったら、その人とは縁を切ろうと思うし、何かの仕事であったら、その仕事先とは二度と仕事をすまいと決意する。そのくらい、私にとってごはんの時間にきちんと食事をするということは重要ごとだ。

私の家の猫は、信じられないことにごはんを食べなくても平気なタイプだ。この猫にとってごはんより重要なのは、遊ぶことと、眠ることと、さみしさを満たすことだ。

決まった時間に猫のごはんを用意している。朝は七時、夜は六時。猫だって、朝は朝ごはんの時間に、夜は夜ごはんの時間に食べたいだろうと思うからだ。お昼ごはんがないぶん、夜は少し早めにしてある。

ところが、食べない。ごはんがあるかどうか、見にくることすらしない。朝、姿が見えないな、と思うと、家の人と眠っている。家の人は明け方近くまで仕事をして昼近くまで眠るという生活サイクルで、朝の七時は寝ているのだが、その眠る人のそばで猫は寝ている。眠る人がまっすぐの姿勢で寝ていると、ぴったりとくっついてまっすぐになって寝ているし、肘や膝がまがっていれば、その内側に入ってまるくなって寝ている。ごはんができたよ、と言いにいっても起きない。あの、ごはん、と頭に触れたりすると、本当に迷惑そうにちらりと見上げてまた眠る。人が、ではなくて、猫が、だ。

眠気を優先するのは、まあ、しかたがないとも思う。私も朝まで起きていれば、朝ごはんは食べずに昼まで眠るだろう。けれどもこの猫は、起きてきてもごはんを食べない。

やっと起きてきても、ごはん処《どころ》にいくこともなく、窓辺に座って外を眺めている。私が朝食を食べはじめると、膝に乗ってごろごろと音をさせる。そんなことよりも、ごはんを食べないでいいのか、と思う。

朝ごはんを食べ終えて私は出かけてしまうので、その後、猫がいつごはんを食べるのかはわからない。帰るとごはんは食べてあることが多い。まったく食べていないこともある。この猫には猫缶詰の好き嫌いがあり、嫌いなものが出ているといっさい食べない。好きな缶詰でも、なぜかまったく食べていないときもある。ごはんを食べるよりもだいじな用が何かあったのだろう。

ときどき、たいへん申し訳ないことなのだが、夕飯が夜にずれこむことがある。私も家の人も外で仕事があり、そのまま会食となると、猫のごはんは帰宅してからになる。夜の十時十一時、まれに十二時に帰ると、猫は抗議の声を上げて玄関まで迎えにくる。そのまま私たちにくっついて歩く。ああもう、遅い遅い、帰りが遅くて待ちくたびれた、と言い続けている。ごめんね、早くごはんを用意しようね、と言い聞かせて、ごはんを用意するが、食べない。ずーっと私たちにくっついてまわっている。座れば膝に飛び乗る。あるいは、遊びを要求する。帰りの遅さに抗議するためにわざと食べないのではない。本当に、ごはんに興味がない様子だ。

信じられない気持ちになる。六時の夕ご飯が、夜の十一時までずれこんでいるのに、なぜそのことに怒らず、さみしかったと訴えるのか。遊びたいと訴えるのか。ごはんを食べてから、さみしさを満たしたり遊んだりすればいいではないか。

多くの猫は、ごはんが食べたくて眠る人間を起こしたり、ごはんを要求して鳴いたりするという。ごはんの入っている袋を破いて中身を食べてしまう、賢い犬のような猫もいると聞く。なのになぜ、うちの猫はごはんを後まわしにするのだろう？

かと思うと、ごはんを食べていないふりをすることもある。私が午後六時に帰宅してごはんを用意して、すぐに出かける。家の人が午後九時、私より先に帰宅したとする。すると猫はときどき、ものすごくひもじい顔つきで、かすれた声で「ごはんまだなんだけど」と鳴いて、家の人を見上げる。私がいったん帰ったことを知らない家の人は、ふたたびごはんを用意する。すると猫は、待ってましたとばかり食べてみせる。こういうことが、ときどきある。

この猫の性格から思うに、これは、ごはんが食べたいのではなくて、「ごはんを用意させたい」つまり、かまわれたいのではないかと思う。

つい先だって、先方の都合で仕事の終わりが午後七時を過ぎた。おそらく私の異様なごはんプライオリティーを知っている先方は、遅くなったことを詫《わ》びて、ごはんを食べにいきませんかと誘ってくれた。ごはんが遅れたことにすでに腹をたてている私は、「いいえけっこうです。帰ります」とおだやかに言いながら内心では、ごはんの時間を遅れさせた張本人とごはんなんかいっしょに食べてたまるか、と叫んでいた。家の近所の飲み屋に駆けこみようやく人心地ついて、いくらなんでも私は大人げない、と我に返った。みっともない。さもしい。うちの猫の、ごはんにたいする悠然とした態度を私は見習わなくてはならない。深く反省した。同じことがあれば、きっとまた怒るけれど。

かくた・みつよ
作家。1967（昭和42）年、神奈川県生まれ。早稲田大学卒業。90年『幸福な遊戯』（福武書店・その後角川文庫）で海燕新人文学賞を受賞し本格デビュー。05年『対岸の彼女』で直木賞受賞。他にも川端康成文学賞、中央公論文芸賞、泉鏡花文学賞など受賞多数。映画化やドラマ化もされ、多くの話題作がある。著書に『空中庭園』（文藝春秋）、『八日目の蝉』（中公文庫）、『紙の月』『ボクシング日和』（共に角川春樹事務所）、『今日も一日きみを見てた』（ＫＡＤＯＫＡＷＡ）など多数。近著に『晴れの日散歩』（オレンジページ）がある。

猫と鰹節

武田 花（写真家・エッセイスト）

「カ・カ・リン・カ・カ・リン」

出だしは、ゆっくり。

「カカリンカマヤ」

と続き、だんだん速く、勢いよく。

「カカリンカカリンカカリンカマヤ、カカリンカカリンカマヤアー」

　高らかに私が歌えば、家のどこにいても、すっ飛んでくる猫のくも。いつもは名前を呼んでも知らん振りしているくせに。元歌は、あの有名なロシア民謡「カリンカ」。なかなか勇壮で、うきうきする曲である。〝カカリン〟と、くもの大好物である〝オカカ（鰹節《かつおぶし》）〟を懸《か》けているのだ。

　そして、１００グラム入り鰹節パックを片手に、腰を落とし、両足を前に高く上げ下げして、私は踊る。コサックダンスだ。くもは大声で鳴き騒ぎながら、袋に向かってジャンプ。何度もジャンプ。一緒に踊っているようで、楽しい。

こうやって、しばらく遊んでから、私は中華丼の中におかかを大量に振り入れる。はじめのうちは小さな器だったが、食べながら鼻息でおかかを吹き飛ばし散らかすので、しまいに特大の中華丼を使うようになった。丼の中にすっぽりと頭を隠し、フシャフシャフシャフシャ……くもが夢中で食べる音は、今も耳に残っている。水を飲むひそやかな音、愛らしい寝息の音、尻尾がリズミカルに床を叩く音と同じように。

こうやって猫を相手に踊ってみせたり、時には床に四つん這《ば》いになったり、遠吠《とおぼ》えの真似をしたり……言葉が通じないから、態度で表すのだ。「ほれ、このように、私はあなたの事が大好きで、このように喜んでいるのですよ」と。

旅先にも、おかかを持参した。猫連れでこっそりホテルに泊まるのだが、部屋が気に入らないと、夜中にひどく鳴くので困った。体を撫でてやり、歌ってやり、おかかを食べさせ、なだめすかし、やっとくもが寝付く頃には夜が明けていた。

ある時、いつものようにおかかをやったら、鼻面を丼に突っ込むや、すぐに顔を上げ、オエッというように口を四角く開け、私を睨《にら》みつけた。そして、独り言のように唸《うな》りながら、丼から離れ、ばったりと床に横倒しになった。「あーあ、いやだ、いやだ」のポーズである。私が夜遅く酔っ払って帰宅した時、臭いオナラを嗅《か》がされた時、私のミスでネズミをとり逃がした時などに見せるポーズ。

おかかを口元に持っていっても、ぷいと横を向くので変に思い、私も匂いを嗅ぎ、食べてみたが、別に変わりはない。ただ、きれいなピンク色のはずが、ちょっと茶色っぽくなっているように見えた。

そこで、鰹節会社に手紙を書いた。うちの猫と私は前々からお宅の会社の「○○花かつお」

のファンであります。ところが、開けたてにもかかわらず、猫はちょっと匂いを嗅いだだけで見向きもせず、怒って、ふて寝してしまいました。こんなことは初めてです。私には少し色が変わっているとしかわかりませんが、猫は人間より敏感です。我々の大好物だけに残念でなりません。袋ごと送りますので、よくお調べください。

こんな内容の手紙を鰹節の袋と共に送ったところ、二、三週間後、ダンボール箱いっぱいの鰹節パックと手書きの返信が届いた。

詳しく検査したところお送りいただいた袋には針で開けたほどの穴がひとつ開いていました。そのため、鰹節の花が変質したと思われます。申し訳ございません。

このようなことが丁寧に書かれていた。鰹節の一片を花と呼ぶことをはじめて知った。

たけだ・はな
写真家・エッセイスト。1951（昭和26）年、東京生まれ。両親は作家の武田泰淳、随筆家の武田百合子。東洋大学卒業後、アルバイトをしながら野良猫の写真を撮り続け、87年、写真集『猫・陽のあたる場所』を出版し広く知られるようになる。90年『眠そうな町』で木村伊兵衛賞受賞。フォトエッセイにも定評がある。モノクロ写真で、猫や、時代から取り残されたような町並みを印象的に切り取る。著作に『猫光線』（中央公論新社）、『猫のお化けは怖くない』（平凡社）などがある。近著に『ポップス大作戦』（文藝春秋）がある。

猫との暮らしはダヤンから

池田あきこ（絵本作家）

猫ほど素敵な生き物はいない。アイラインに縁どられた瞳は哲学的でクール。いつも笑っているみたいな口元に、ぷっくら膨らんだひげの生え際点々は見事に幾何学的。動きはしなやかで美しく、時にユーモラス。トラほど大きくはなく、ネズミほど小さくもなく、大きさも程よい。なによりいいのは一緒に暮らせること。

父が国鉄職員で転勤ばかりの上、官舎住まいだったから、自分の猫を持てたのはダヤンがはじまり。叔母が拾った猫を飼えなくなって、うちにやってきた。ダヤンはもともと猫にくっついていた名前で、由来はイスラエルの隻眼将軍モシェ・ダヤン。片目の周りに黒い模様があったので叔母が命名した。雌猫だったダヤンは赤ちゃんを産んで、私もそのあと赤ちゃんを産んだ。3匹生まれた子猫は友人たちにもらわれてゆき、私は娘を育てた。ダヤンは二階で娘のマイコが泣いていると、トントンと階段を下りてきて、ニャアと鳴いて知らせてくれた。猫は子供を嫌うけれど、自分が先住者の場合はいいみたい。保護下にあるって感じで、耳を引っ張ったりしてもしょうがないなあという顔で、ある時点までは我慢をする。

マイコが2歳くらいの時、主宰していた革のメーカーのアンテナショップを自由が丘に作った。そして店のシンボルマークにする猫を描き、当然ながらダヤンと名付けた。

誰が見てもかわいいという猫ではないけれど、ダヤンの目に猫のエッセンスを感じる人が多く、人気が出た。B全の紙にパステルでダヤンの立ち姿を描いてみると、ちゃんとした絵など描いたこともないのに、我ながらうまく描けたのにはびっくり。それまで頭の中に漠然とあった架空の国〝わちふぃーるど〟にダヤンを送り込んでみると、お話は次々に浮かんできた。絵も描けることが分かったし、これは絵本を作らなきゃとコンテを描いて出版社に売り込みに……ここではないどこかを見ているような瞳の猫は、不思議な物語の主人公にぴったりだった。

ダヤンのおかげで私は絵本作家になっていったが、本物のダヤンは年を取って死んでしまった。ちょうどマイコが夫の実家に行っているときで、電話口でワーワー泣いていた娘は意気揚々と小さな黒猫を抱いて家に帰ってきた。ちょうどダヤンの影であるチップという猫の絵本を書いているときだったので、黒猫にはチップと名付けた。陽気なチップはすぐ家族になじんだけど、引っ越しをすることになったら、その一週間前に家出をして、とうとう帰ってこなかった。

越した場所は井の頭公園の近く。当時は公園に猫を捨てる人がたくさんいて、中学生のマイコが生まれたばかりのまだへその緒のついた子猫を5匹拾ってきた。お母さんのいない子猫が育つのは難しい。次々に死んでいった子猫の中で1匹だけ生き残ったのがらんちゃんだ。

しょぼしょぼだったらんちゃんは生命力が強くて、独立独歩の賢い猫に育っていった。

マイコは毎年のように子猫を拾い、一時期はなぜかシケモクが好きなボッツン、らんちゃんの真似《まね》ばかりしている黒猫カフェと猫3匹に加え、シェパードのバリーと大家族。遊びを発明するのが得意ならんちゃん。毎日茂みに潜んで、散歩に行くバリーを「待ち伏せ」している。そのうち遊びは進化して「追跡ごっこ」になった。「だるまさんが転んだ」みたいに、茂みから茂みへと姿を隠しながら、こっそり後をつけてくるのだ。その真剣な顔、見え隠れする白い姿のかわいいことといったら。

そのうちバリーはいなくなり、らんちゃんの遊びは「家出」になった。「らんちゃーん」と呼びながら迎えに行くと100mも行かないうちに飛び出してくる。抱き上げれば玉のようなよだれをたらしグルグル喉を鳴らしていたのに、遊びだった家出は本物になって、だんだん帰ってこなくなった。「すごく太って、たぬきかと思った」(マイコ談)、「わたしのご飯食べてて、近よったら怒ってふいた」（カフェ談）、「あら、あのこらんちゃんじゃなくて白ちゃんよ」（ご近所の方談）。人たらし、放蕩《ほうとう》猫のらんちゃんは我が家という小さな宇宙には収まり切れなかったみたい。

マイコがカフェを連れて家を出た後、やってきたのは赤ちゃん猫のボンちゃん。トラみたいに大きくなったボンちゃんは突然いなくなって、八方手を尽くしたけど未《いま》だ帰らず。

それからチビがきて、ちっちゃいあんちゃんがやってきて。チビとあんちゃんは切ないほど仲良しで、いつも抱き合って寝ていたのに、病気でチビが死んじゃった。

いろんな猫が家族だった。思えばダヤン以来、猫のいなかった時はない。今は夫とあんちゃん、気楽なふたりと1匹暮らし。私が今の仕事を続けてこられたのも、家に猫がいて、いろんな動きや表情を見ることができたからなのかも。顔に似合わず、夫が大の猫好きだったのも幸運だった。猫絵描きにとって猫がうろうろしている環境って大事。

でもそれよりなにより猫との暮らしは楽しい！

すべてのはじまりはワタシ
ワタシ今年はたち
へへ…
Dayan
ダヤンのおっかさんのモデルはあたしだって
おれ本買っちゃたよ
あ

いけだ・あきこ

絵本作家。東京・吉祥寺生まれ。1976年、革工房わちふぃーるど設立。83年初の直営店を自由が丘にオープン。シンボルマークとして「猫のダヤン」が誕生。87年より不思議な国わちふぃーるどを舞台に物語と絵を描き始める。88年にほるぷ出版より絵本『ダヤンのおいしいゆめ』を刊行、以降絵本や長編物語、旅のスケッチ紀行など多方面に作品を発表。14年TVアニメ『猫のダヤン』放映開始。10年から「ボルネオ緑の回廊」プロジェクトで、動物たちに森をプレゼントする活動を続けている。河口湖木ノ花美術館にて常設展を開催中。

特別に忘れがたい猫

保坂和志（作家）

猫はみんな忘れがたいが中でもマミーは特別に忘れがたい。マミーは、子供と孫を合わせて総勢14匹のファミリーのお母さんだから「マミー」で、そのうちの10匹が03年の夏からうちの前で毎晩ご飯を食べるようになった。他にも生まれた猫はいるが、近所の人から消息のごく断片を聞くだけで姿を一度も見なかった猫もいるし、子猫のうちに死んでしまった猫もいただろう。何しろもともとが野良だったと思われるマミーは子供にも孫にも「絶対人間にさわらせない」という躾《しつけ》を徹底させ、私が一族の猫にさわれるのは、よっぽど弱ったときか死んだあとだけだったから全貌《ぜんぼう》はわからない。

全員を避妊・去勢したのは03年の12月、それまでマミーは私の知る限り、年に1度ずつ3回出産して9匹の猫を育てた。それから01年生まれの娘のミケ子が03年の夏に4匹の子猫の子育て中に急死したので、その猫《こ》たちの世話もした。マミーは母性に溢れていたから発情期でも子供たちをほったらかしにしなかった。うちの周囲4、5軒がテリトリーで、入ってくる猫たちとは激しく喧嘩《けんか》して追い払った。体はやや小さく細かったが芯はとても強かった。

毛がパサつきだしたのは08年頃だっただろうか。たぶんその頃口内炎にもなっていたが、まだ私は外暮しの猫の生涯の過酷さがよくわかっていなかったから何も手を打たなかった。同時期にテリトリーの守りは孫のマアちゃん（メス）が引き継いでいたが、マアちゃんは11年の10月、子供のときに感染して持病になっていた鼻風邪が悪化して死んだ。マアちゃんは一族の中でとびきり人懐こかった。マアちゃんが死んだとき私は胸が裂けるほど泣いた。

その冬からマミーは食欲がガクンと落ち、昼間の指定席となっていたガス床暖房の給湯器の上にいるマミーのもとに私は毎回、マグロの刺身を細かくしたやつにステロイドを混ぜて運んだ。マミーは相変わらず体はさわらせないが、刺身は私の手のひらに載せたのを食べるようになっていた。夜と雨雪の日は発泡スチロールと木箱を組み合わせたハウスの中にいた。蓄熱ブランケット入りだから中は炬燵《こたつ》並みにポカポカだった。もっと早くあのハウスを作っていたら、もっと長く生きられただろうか。でも元気な猫たちは誰もそこに入らなかった。猫はこっちの思い通りにはならない。他に入ってくれたのはやっぱり弱っていたピースとコンちゃんの2匹だけで、ピースもコンちゃんも翌年の冬にはいなかった。

12年の夏は特別暑く、私は毎朝自転車で10分の氷屋から氷の大きなかたまりを買ってきてマミーの居場所を少しでも涼しくしようとしたが何日経《た》ってもマミーは警戒して寄りつかず、夏バテはひどくなるばかり。もう限界だと、8月16日の夜ぐったりしているところを首筋を掴《つか》んで持ち上げると、マミーはもう抵抗する元気はなかった……というか、賢いマミーはその瞬間、自分がこの人の家の中で面倒を見られる運命になったことを理解して、二階の私の部屋の中に作っておいたケージに静かに入った。

家の中にいる猫たちがどうしても許さないからマミーはとうとう部屋からは出られなかったが、部屋の中ではすぐにケージから自由になって好きな居場所にいて、秋が過ぎ冬になると毎朝窓辺で日向《ひなた》ぼっこをしていた。たまに外に出すともうふたりしか残っていない一族の一方、特別美形でスマートだったビジンちゃんが嬉《うれ》しくて嬉しくて甘えて甘えて体をすりつけてくる。マミーはよろけるがよろけながらもかわいい孫を舐《な》めてあげる。

マミーを中に入れると、ビジンちゃんは開けたままのドアから家の中をじいっと覗《のぞ》き込んでいる。「おばあちゃんと一緒に入る?」と言うと、さっと身を翻して行ってしまう。マミーは私の部屋に戻ると旅行から帰ってきたときのように深く息をついて体を横たえた。夜は毎晩、部屋に訪ねてくる妻の膝の上で1時間も2時間もじっとしていた。膝の上でじっとしている健《けな》気《げ》なマミーを撫でながら、妻は毎晩マミーの外での日々に想いを馳せた。うちの猫たちは揃《そろ》いも揃って誰も膝の上に乗らなかった。外の暮らしで驚くほど大人になっていたマミーは妻の気持ちを察してその願いまで叶《かな》えてくれたのだ。

死ぬ前日、マミーは急に立ち上がり、意識は朦朧《もうろう》としているのにさかんに外に出たがった。出すとビジンちゃんが待っていて、体をすりつける、マミーは倒れそうになりながらもビジンちゃんを舐めてやる。ようやくビジンちゃんが落ち着くと、去年の夏まで12年間いたうちの前の敷地をよろける足でひととおり歩きまわり（目はたぶん見えてなかった）、隅に置いてある飲み馴れた水の容器の水を飲み、玄関脇の一番よくいた場所で昔のように寝そべった。

それで家の中に入れるとマミーは5分後にひきつけを起こし、そのまま意識が戻らず翌朝息を引き取った。２０１３年６月20日のことだった。

ほさか・かずし
作家。１９５６（昭和31）年、山梨県生まれ、鎌倉育ち。90年『プレーンソング』でデビュー。93年『草の上の朝食』で野間文芸新人賞、95年『この人の閾』で芥川賞、97年『季節の記憶』で谷崎賞、13年『未明の闘争』で野間文芸賞、18年『こことよそ』（『ハレルヤ』所収）で川端康成文学賞を受賞。著書は、他に『猫に時間の流れる』『猫の散歩道』（共に中央文庫）、絵本『チャーちゃん』（福音館書店　画・小沢さかえ）、『読書実録』（河出書房新社）など多数。

猫はハンター

高橋三千綱（作家）

猫は生まれながらのハンターである。ペットなどではない。だから家で飼うという発想をもったことはなかった。家にハンターは二匹はいらない。現在我家は家人とふたり暮らしである。だが、家人はハンターなどではなく、老犬である。ハンターなら野に放っても、限界まで獲物をあさって生きようとするが、老犬は従順ではあるが、自ら餌をあさりに出掛けることはない。それはそれでよろしい。問題はハンターに付き添いのハンターはいらないということである。

仔猫のあどけない表情を見て、可愛いとほだされる人は多いが、あれは仔猫が自ら可愛さを演じているのではなく、動物の赤ん坊はどれも可愛いのである。だからあの可愛い表情は人間に飼って下さいと媚《こ》びを売っているのではなく、普通の表情なのである。ゴジラだって赤ん坊のときはそれなりに可愛かったに違いない。見たことはないが。

勝手に可愛いと思い込んで、本来ハンターとして生まれてきた動物をペットにして、飼い殺してしまうのは人間の欲である。善人のようでいて実はエゴイストなのである。猫はハンターとして生きて本分を全うできる動物であるのに、訳のわからない穀物を与えて本来もっていたDNAを書き換えてしまうのは、人間から脳みそを奪う行為に等しい。ところが猫好きを自認する人々は、猫の人におもねらない姿勢が素晴らしい、ほっておけない、ペットなのに唯我独尊的な生き方が魅力的、などと適当に都合のいいことをほざいて、自分のそばにくくりつけようとする。爪を切られたハンターは仕方なく日永寝そべり、野生の魂が喪失したことを反省している。

ハンターとして付き合えば猫は人間に対してもちゃんと仁義をもって接してくる。何十年か前のことだが、十代の女の子を数名引き連れて沖縄にいって、ひと月間サバイバル訓練をしたことがあった。みな親の家を出て、キャバクラでバイトをしたり、成金オッサンの情婦になったりして、男を騙《だま》して生きていたやさぐれであった。騙す、ということは、男に媚びを売って生きることはもううんざりだ、と身をもって体験した連中の悟りなのである。

あるときジャングルを散策していたひとりが、罠《わな》にかかって血だらけになっている猫をみつけた。針金の罠をはずそうとしたが猫はその子を敵とみなして反撃してきた。その子の手も傷だらけになった。ようやく罠をはずしたが猫は足が曲がりきっていて歩けない。それでリュックサックに猫をいれて山小屋に戻ってきた。猫といってもブチの山猫なので虎の子供のようだった。女の子たちはギャアギャアわめきながら手当をしていた。笑い声が出たのでそちらを見ると、身体中、包帯を巻かれた猫は雪だるまのようになって目玉だけを剥き出していた。

猫は四日目の夜になって逃亡した。そのまま数日が過ぎた。ある日、昼飯の用意をしていたひとりがキャアーと叫んだ。その頃にはいきがって生きていた女の子たちも、本来の可愛さを表に出すようになっていた。女の子は両手を自分の頬にあてて肩をすくめている。みると硝子《がらす》

の入っていない窓の桟に、鼠《ねずみ》をくわえた猫が顔を覗《のぞ》かせていた。そいつは集まってきた女の子達の中から、助けてくれた女の子をみつけるとニャアーとないた。すると死んだ鼠が窓の桟にぐんにゃりと乗った。猫の口の回りは鼠の血がべったりとついていた。それが笑っているのだから、大変に不気味である。猫は女の子たちの騒ぎ声に驚く様子もなく、窓の桟から手をはずすとのっそりとジャングルに戻っていった。鼠は猫のお礼なのである。傷ついた身体で一生懸命狩りをしたものなのだろう。台湾の畑にはどでかい鼠がいて、それを獲って料理にしている。折角《せっかく》だから君たちで料理して食えといったが、女の子たちはまじめくさった顔で唇を震わせていた。しかし、それが猫の正しい生き方なのである。ペットなどとんでもない。見習うべき荒野の素浪人の姿である。

たかはし・みちつな
作家。1948（昭和23）年、大阪府生まれ。サンフランシスコ州立大学、早稲田大学に学ぶ。74年に『退屈しのぎ』で群像新人文学賞、78年に『九月の空』で芥川賞を受賞。青春小説、時代小説、ゴルフ小説、漫画原作、エッセイなど幅広い分野で活動。主な著書に『素浪人心得』（講談社）、『猫はときどき旅に出る』（集英社）、『明日のブルドッグ』（アジア文化社）など多数。近著に『ハート型の雲』（幻冬舎）、『悔いなく生きる男の流儀』（コスミック出版）などがある。

運命の猫

山口恵以子（作家）

この世に「運命の人」がいるなら、「運命の猫」もいると思う。『ねこ新聞』の読者の方なら賛成して下さるだろう。

私の「運命の猫」はミカサという雄猫だった。一九九六年の三月、春とは名ばかりの寒い朝、当時野良猫に餌をやりに通っていた近所の空地に、兄弟猫と二匹でスーパーのカゴに入れられて捨てられていた。生後間もない、やっと目が開いたばかりの状態だった。

このまま置いておいたら飢え死か凍え死してしまう。

私は家に駆け戻って母に「どうか哀れな子猫を助けて欲しい」と平身低頭した。当時家にはガラという気位の高い老嬢猫が居たので「ガラちゃんが怒るから無理」と言われたが、あまりに私がしつこいので「今年中に嫁に行く」という約束で二匹を引き取った。もちろん、この約束は履行されなかった。すいません。

二匹は茶トラで、色も大きさもいなり寿司そっくりだった。足もまだ弱く、三歩歩くと腰砕けでべしょっとつぶれてしまった。捨て猫はみんなそうだが、目はヤニでふさがりかけていた。当時は母も六十代で元気だったから、二人で二時間置きにホウ酸水で目ヤニを拭き取り、温めた牛乳をスポイトで飲ませた。ティッシュでくすぐっておしっこをさせ、ウンチが出ないのでスポイトで浣腸もした。その甲斐あって、二匹はすくすくと元気に育った。

「捨て子で可哀想だから、名前だけは立派に」という母の意見で、名前もミカサとヤマトに決まった。ヤマトはあの戦艦、ミカサは日本海海戦で東郷元帥が乗った旗艦からいただいた。そして、いなり寿司のようだった兄弟は、翌年には八キロと七キロの巨大猫に成長したのである。

さて、このように同じ日に拾い、同じ物を食べさせて同じように育てた兄弟なのに、ミカサとヤマトは性格がまるで違った。ミカサは明るくて人懐っこく、ヤマトは警戒心が強くて嫉妬深かった。

今となっては反省しているが、私はミカサを猫可愛がりした。何故なら、生まれて初めて母よりも私を愛してくれた猫だったから。それまでの猫はみんな母一辺倒で、私には洟《はな》も引っかけてくれなかった。しかし、ミカサだけは常に目で私を追い求め、金魚のウンコのようにくっついて回り、パソコンに向かえば膝に乗ってきた。

もう、可愛いのなんのって。ヤマトがヤキモチを焼いたのは当然だったろう。許せヤマト、悪かった。

私とミカサはほとんど一日も離れて寝たことがない。夜、目覚めれば横にミカサの寝顔があった。

余談だが、嫁《ゆ》き遅れた女が猫を飼ったらまず結婚は出来ない。孤独も愛も猫で満たされてしまうので、男が入り込む余地がなくなってしまうのだ。というわけで、行かず後家です、私。

もはや取り返しが付かないが、避妊手術はしたものの、あの当時はまだ猫の感染症に対する知識がなかった。隣が地主さんで庭が広かったので、ご厚意に甘える格好で我が家の猫は自由に外遊びを楽しんでいた。その結果、ウィルスに感染してしまったのだ。

ミカサは二〇〇二年の晩秋に発症し、翌年の三月に力尽きた。ヤマトはそれから七年後に発症し、二〇一〇年に永眠した。

最後に獣医さんへ連れて行ったとき、ミカサは診療台の上でゴロゴロと喉を鳴らした。とても人懐っこい猫だったので、お世話になった先生に感謝の意を表したのだと思う。

八キロ近くあったミカサは、最後は三キロを切るまで痩せ衰えてしまった。亡くなったのは三月十三日の夜で、私には今夜が最後になるという予感があった。だからリビングに座布団を並べて、ミカサに添い寝した。段々荒くなっていく呼吸を聞きながら、骨と皮になった身体をさすり、「ミカサ、頑張らなくて良いよ。楽になって良いよ。今までありがとうね、ミカサ。愛してるよ」と繰り返すことしか出来なかった。私の腕の中で、ミカサは最後に大きく深い息を吐くと、目を開けたまま旅立った。

あの日以来、私は死を異世界と感じなくなった。死ねばミカサに会えるような気がしている。遺体は骨にして骨壺に入れ、今もベッドの上にある。だから、夜中に目を覚ますと枕元にミカサが居る。

その後、縁あって白猫ボニー（♂）と黒猫エラ（♀）を家族に迎えた。それぞれ愛情表現はDVに近いものの、愛の総量はきっとミカサと変わらないくらい大きいのだろうと思う。

それでも、やはりミカサは特別だ。私の「運命の猫」は後にも先にも、ミカサしかいない。

やまぐち・えいこ

作家。１９５８（昭和33）年、東京生まれ。早稲田大学卒業。松竹シナリオ研究所修了。派遣社員などで働きつつ2時間ドラマのプロットを多数作成。その後、丸の内新聞事業協同組合の社員食堂で働きながら著作に励む。13年『月下上海』で松本清張賞受賞。著書に『食堂のおばちゃん』（ハルキ文庫）シリーズ、『婚活食堂』（ＰＨＰ文庫）シリーズ、『いつでも母と』（小学館）、『さち子のお助けごはん』（潮文庫）、『月下上海』（文春文庫）、『恋形見』（徳間文庫）、『工場のおばちゃん』（実業の日本文庫）、『愛よりもなほ』（幻冬舎文庫）など多数。現在テレビのコメンテーターとしても活躍中。

あーぺっぺんの来歴

朝吹真理子（作家）

はじめて猫という動物に遭遇したのは三歳だった。それまで猫といえば、絵本に登場する白い毛並みで楽しそうに二足歩行する「ノンタン」しか知らなかった。

近所の商店街を一本脇道にそれると遊具のある公園があった。夏でも陽当たりが悪く、母も私も好んで行きたい場所ではなかったが、互いに気乗りしないまま「公園でも行こうか」と暇つぶしに出かけることがあった。ジャングルジムやブランコといった遊具があるからそれで漫然と遊ぶ。サッカーをしてはしゃぐ子供達や、シャベル片手に砂場で上機嫌になっている子を横目でみていた。私は内弁慶な性格だったため、友達は全くおらず、また、友達がほしい、という感覚も希薄だった。ただブランコに腰かけて木の枝が風で揺れるのをぼんやりみているのが好きだった。

その日は、公園の隅で小学生がやけに騒いでいて、茂みをのぞいたり、木の棒をふりかざしている子もいた。しばらくすると茂みから何かがひゅっと飛び出る。小さな猫だった。声をあげて子供達が猫を追いかけはじめる。私はブランコをこぐのをやめ、追いかける子供と、注意する母の背中とを、みていた。ニタニタと笑んで追いかけている女の子のひとりが細いボーダーのワンピースを着ていたことをいまでもはっきりと覚えている。親子で陰鬱《いんうつ》な気持ちになって公園を出ると、隠れていたはずの猫がふいに目の前にあらわれ、驚く間もなく、大きい声で鳴いて近づいてくる。母は即座にしゃがみ込んで猫を抱きかかえ、「わーノミだらけだ」と言いながら、近所の動物病院に駆け込んだ。丁寧に洗われて戻ってきたのは緑色の目をした美しいキジトラの仔猫だった。これが猫という生き物なのかとわけなく、おそるおそる触れた。透き通るような高音で「ニャー」と鳴く。鳴いている猫に、あーぺっぺん、と私は呼びかけた。どうしてそういう名で呼んだのかはわからないが、そう呼びかけたので、それが猫の名前になった。家族総出でトイレやペットフードを買いそろえる。昼間拾ったばかりとは思えないふるまいで、あーぺっぺんは父のベッドで眠った。翌朝おもらしをしたが、そのあとすぐにトイレの場所を解した。

私は子供だったので、何ヶ月間もいっしょに過ごしたことに記憶ではなっているが、家族にきくと、あーぺっぺんと暮らした期間は一週間もなかったのではないか、という。重篤な猫アレルギー症状が私に出たために、母方の祖父母の家にあーぺっぺんは移動することになった。私は自分の体が自分のものではないことをそのとき知った。

症状が落ち着いたころ、母に懇願してあーぺっぺんに会いにいったが、あーぺっぺんは、軍手、ゴーグル、マスクすがたの私をひどく警戒し、祖父母からあーぺっぺんは「ふく」と呼ばれていた。ふく、と祖母が呼ぶと、ニャーと高い声を震わせる。ふく、と呼ばれるのがにあう顔にもなっていた。名前というのはいくらでもかえられるからそれでいいのだった。ふくは一六歳まで達者に生きた。幾度となく会いにいったが、祖父母の家に入るだけで目は腫《は》れ、ぜんそくが出るので長居はできなかった。

生涯猫と暮らすことはできないだろうと諦めていたが、昨年偶然アレルギー症状が軽微になっていたことがわかり、家族で相談して、友人に教えてもらった動物保護団体の譲渡会に出かけた。参加したものの、いっきにたくさんの猫と遭遇して、選ぶことの難しさに呆然《ぼうぜん》としていると、ケージから前足をのばしワンピースに爪をひっかけて遊びはじめる猫がいた。いったいどんな子だろうとケージをのぞいたら、あーぺっぺんに似た、雉柄《きじがら》の仔猫だった。

いまその猫は、我が家であーぺっぺんと呼ばれている。とはいえ初代と似ているところはない。雉の模様も、初代はおなかの毛が真っ白だったが、いまの子は肉球まで真っ黒で、茶褐色の縞模様をしている。あーぺっぺんというのは私にとっては猫の象徴名なので、私にとってこの世のすべての猫は「あーぺっぺん」でもある。いまのあーぺっぺんは水遊びが好きで、しっぽがみょうに長い。しょっちゅう皿を割る。パタゴニア製のフリースを着ているときだけ抱っこを好む。どんな所作も愛おしくて仕方がない。偶然我が家に来てくれた、ふたりのあーぺっぺんに心から感謝している。

あさぶき・まりこ
作家。1984（昭和59）年、東京生まれ。09年『流跡』で作家デビュー。10年、同作でドゥマゴ文学賞を最年少受賞。11年『きことわ』で芥川賞を受賞。主な著書に『TIMELESS』（新潮社）、『抽斗のなかの海』（中央公論新社）などがある。

ミシンかけ

浅生ハルミン（イラストレーター・エッセイスト）

日曜日、ミシンをかけているとトーちゃんがそばにやってきた。ダダダと動くミシン針に興味をもって、珍しそうに見つめている。トーちゃんが我が家で暮らすようになってふた月たった頃だ。

トーちゃんは二〇〇一年の春に、友人のフジモトさん夫妻の家で生まれた猫四匹のうちの一匹だった。フジモトさんの家の庭にはご近所の猫が出入りしていて、子猫を産み落としては去っていくため、ご夫婦は「子猫通信社」というホームページを作ったり、友人たちに猫の良さを説いたりしながら貰い手を募集した。猫好きの友人のひとりが「私、飼う」というので、猫を貰うというのはどういうことなのかを見たい気がして私もお供させてもらった。フジモトさんの家で元気いっぱい走り回る子猫たちを前に、気がつくと私はふわふわのちり紙のように軽い生き物を膝にのせて、一緒に帰りたい気持ちでいっぱいになっていた。

「本当に飼えるの？　すぐには渡せない。いったん家に帰ってよく考えて」とフジモトさん夫妻は心配そうに言った。さっきまで「猫はラクだよ」と勧誘していたのに、真面目な顔になっている。夕食をご馳走になりながら相談をしているあいだ、ずっとトッド・ラングレンの曲がかかっていた。

「はい、一晩考えます。でももう名前も決めちゃった。今日の記念にトッドにする」

　翌日の夕方、籐籠を持ってトーちゃんを迎えに行った。フジモトさんは「窓辺に台を置くといいよ。外を眺めるの好きだから」と教えてくれた。両親のいる実家で暮らしていた時には猫を飼っていたけれど、一対一で猫の世話をするのは初めてだった。

　いよいよトーちゃんがとの生活が始まると、私は外出する気がゼロになって、四六時中トーちゃんの行動に集中した。「私がこうするとトーちゃんはこうするのだな」という行動パターンがわかってくるのがうれしかった。この部屋で暮らすことを猫に慣れてもらうというよりも、私のほうが同居の訓練をしているようだった。ついに香箱座りをしてくつろいでくれたときは、「猫さん、うちに来てくださってありがとう」という喜びがあふれた。

これはまったくの妄想だが、父母の時代のお見合い結婚をしたカップルの新婚旅行はこういうものだったのではないか。まだ互いをよく知らない者同士が、邪魔する人のいない二人きりの場所で、お互いをよく知るための密な時間が絶対的に大切なのよ……などと本気で思うくらい、生活がトーちゃんといること一色になった。

トーちゃんは私が何もしなくても、とても賢く行儀のよい猫に育った。猫砂以外には決して粗相をせず、お刺身ですら人間の食べ物に無関心。虫を見つけると自分の手は出さず私に「ねぇ」と知らせるだけ。そうなると、もっと猫らしくしていいんだよと勝手なことを思うのだ。

そんなトーちゃんが、珍しくミシンを見つめている。いつもと違って目がらんらんと輝いている。

「トーちゃんは危険察知能力が高いから大丈夫」と油断したそのとき、前脚が上下に動くミシン針をパパッと叩く。前脚は針のアームの下に挟まって離れなくなった。やっちゃった！　私が油断したせいでこんなことになってしまったんだ、ごめんねごめんね。恐ろしくてトーちゃんの足の裏を見ることができない。血は出ていない。ミシンの電源を切って慎重にアームを動かすと、トーちゃんはミシンから自然に前脚を抜き、何事もなかったように意気揚々と台所へ行って水を飲んだ。しかしトーちゃんが歩くたびに、チャッチャッと金属と床がぶつかる音がする。こわごわ足の裏を見ると、肉球の表面を右から左に向かって、約一センチの折れた針が刺さっていた。歩くぶんには痛くないのか。トーちゃんにしてみれば、痛くなければどうということはないのだろうか。猫には怪我という考えがないんだろうか、とあっけにとられた。

昨年の七月、トーちゃんは十四歳で旅立った。トーちゃんのいなくなった部屋にソファーを買った。ソファーにはインド刺し子のカバーをかけた。そこに寝そべって刺し子の縫い目を見るともなしに眺めているとあの日曜日を思い出す。というか、何を見たってトーちゃんを思っている。

あさお・はるみん
イラストレーター・エッセイスト。1966（昭和41）年、三重県生まれ。著書に『私は猫ストーカー』（洋泉社）、『猫の目散歩』（中央公論新社）、『三時のわたし』（本の雑誌社）、『猫座の女の生活と意見』（晶文社）、「猫のパラパラブックスシリーズ」（青幻舎）などがある。『私は猫ストーカー』は09年に映画化され話題となる。

病院へ行く時洗濯ネットいいよ
うん、わかった

本当の名前

ハルノ宵子（漫画家・エッセイスト）

3年ほど前の春だったと思う。キッチンのテーブルで雑誌を読んでいると、いきなり初めて見る赤白長毛の巨大猫がドスドスと入って来て、テーブルの上に飛び乗るや、家猫用のカリカリを食べ始めた。

私はア然として見守るしかなかった。手を伸ばしてなでても、平然と食べ続けるので、飼い猫だろうとは思われた。

それにしても解せない。私はこの辺の猫の顔は、すべて把握している。人の顔は忘れても、猫の顔は忘れない。必ずどこかで見かけているはずなのに、だいたいが何でキッチンのテーブルなんだ？　少なくともその前に、玄関先に置いたエサとか、玄関内でも食べられる（うちはお出入り自由なので）。それを1度も目撃していないのに、いきなりキッチンとは――イヤ、たぶん私の留守中に〝前科〟はあったのだろう。

その日から巨大猫は、うちに長居するようになった。遊びに出て行く以外は、父の書斎の本棚などに収まって寝ている。

巨大猫は、夏場なんか見ているだけでも暑苦しい、ゴージャスな長毛。かき分けても皮膚に到達しないほど、ぶ厚いアンダーコート。肉球の間にまで長い毛が生えている。純血種かどうかは分からないが、ほとんどデブのノルウェージャン・フォレストキャットだ。〝耳チョン〟はされてないが、すでに玉無しくん。赤白猫だが〝公家〟っぽい富士額なので、私は「マロ」と呼んでいた。

ある日マロは、黄色のカワイイ首輪を着けて帰って来た。「なーんだ、やっぱり飼い猫じゃん！　ちゃんと家に帰らなくていいの？」。面白いので、首輪に「うちではマロと呼んでいますが本当の名前は？」と書いたテープを結んでみた。すると「アリス・マル・チャシロン」というテープを付けて帰って来た。お前は「リュシータ・ウル・ラピュタ」か！（『天空の城ラピュタ』参照）と、思わずツッ込んだ。
2、3日して初めて見る女の子が訪ねて来た。今時珍しい清楚で知的な感じのお嬢さんだ。「あの……チャシロンのことで」「ああ！　あなたが本当の飼い主なのね？」と言うと、「いえ、うちはマンションなので飼えないんです」と言う。彼女は私の『それでも猫は出かけていく』

を読んでくれていた。チャシロンのように突然現れたお嬢さんだが、あれを読んだならちょっとの推理力と観察力があれば、うちを特定できる（私は高校生くらいかなと思っていたが、後に東大仏文科の院生だと知った）。

チャシロンは、うちの隣にある広大な墓地に、1年位前に現れたそうだ。何人かの人からエサを貰っていた。彼女とボーイフレンドはこの猫を雌だと思い込んで、「アリス」と呼んでいた。他にも「マル」や「チャシロン」と呼ばれていた。「アリス・マル・チャシロン」は、その名を書き並べただけだった。

ある日、彼女はエサをやっているところを墓地を掃除するおじさんに「エサをやると保健所に通報するぞ」とオドされたので、飼い猫に見えるよう、あわてて首輪を着けたそうだ。実を言うと、お墓掃除のおじさんたちは、自らを〝影の猫軍団〟と名乗るほど、全員根っからの猫好きなのだ。しかし月に1度位来る本社の人たちはダメなのだと、聞いて知っている。きっと、たまたま来た本社の人に、見とがめられたのだろう。「何かあったら、うちが飼い主ってことにしていいですよ」と、いうことになった。

チャシロンの耳や額の疥癬《かいせん》ダニ症がひどくなったので、かかりつけの獣医さんに連れて行くと、チャシロンは推定5・6歳。院長は「こいつは1度もイヤな目に遭ったことのない猫だな」

と言う。うちに来る前は〝坊っちゃん〟として幸せに暮らしていたのだろう。

　この辺は古い町だ。1人暮らしのお年寄りも多い。住人のいなくなった家は次々と取り壊され、ピカピカの建て売りや、高層マンションになっていく。チャシロンを飼っていたお婆ちゃん（たぶん）も、ある日亡くなるか、施設に入ることになったのだろう。家の片付けに来た親族の人たちが、チャシロンの扱いに困り、保健所に持って行くには忍びないと外に放り出したのは、想像に難くない。チャシロンは、きっとどこからか、自分とお婆ちゃんが暮らした家が壊され、更地になっていくのを見ていたことだろう。

　今では家の誰よりも我が物顔で、床に投げつけた大福餅のようにブチャーっと寝ているが、本当に思いを込められて名付けられた名前が知りたい。猫の耳は、記憶と密接に結びついている。本当の名前で呼ばれた時、何を思い出すのか、どんな顔をするのか、見てみたい。

はるの・よいこ
漫画家・エッセイスト。東京生まれ。父は思想家・詩人・評論家の故・吉本隆明、妹は小説家の吉本ばなな。母の和子も句集『寒冷前線』などを出版している俳人だった。15年から、自宅を改装し、予約制の飲食店「猫屋台」の店主となり厨房で腕を振るう。著書に『それでも猫は出かけていく』（幻冬舎）などがある。『小説幻冬』に「猫だましい」を連載中。

「幸福」をかいた絵

関川夏央（作家）

一九六〇年代なかば、遠い昔のことだ。画廊経営者にして美術評論家の洲之内徹《すのうちとおる》が、画家・長谷川潾二郎《りんじろう》のアトリエを訪ねた。

それより以前、洲之内徹は古道具屋で「バラ」の絵を買っていた。値段は安くサインは不分明で、洲之内は物故した素人の絵だと思った。だが妙に気を惹《ひ》かれる。プロの画商としては異例だが、自分がいいと思った絵を収集する癖が洲之内にはあった。

やがてそれが長谷川潾二郎の作品だと知り、画家自身と親交を深めた。洲之内徹が「日本でいちばん小さな画廊」といわれた銀座・松坂屋裏、彼の「現代画廊」で長谷川潾二郎展をやろうと考えたのは一九六四年のことだった。しかし長谷川潾二郎の絵筆は遅い。必要な十七点の絵をそろえるのに何年かかるか。

アトリエには『猫』の絵があった。眠る猫の絵である。完成していると見えたから、これはもらっていきましょう、と洲之内はいった。ところが、それは未完だからダメだ、と画家はいう。どこが未完？　洲之内が見直すと、眠る猫にヒゲがない。

ではいまかいてください、という洲之内の言葉に画家は、猫がその姿で寝てくれないとかけない、といった。過剰なリアリズムを誇っているのではない。長谷川潾二郎は、対象が目の前にないとなにもかけない、そういうものの掴《つか》み方をする画家だった。

長谷川はいった。

猫は冬にはまるくなって寝る。夏にはだらりと体を伸ばして寝る。あんな程のよい寝方をするのは春と秋だから、秋まで待ってくれないか。

絵のキジ猫の名前はタロー、子猫のとき長谷川家に迷い込んできた。以来、画家夫婦に家族のように遇された。まったく猫好きではなかった洲之内だが、前脚をそろえてすわり、じっと夫妻の会話を聞く風情のタローは、長谷川家の跡取り息子のようにも見えた。長谷川夫人は手製の、スパンコールつきの美しい首輪を見せながら、「これはタローのよそ行きの首輪」といった。「よそ行きとはどういうことですか」と洲之内が尋ねると、「お客が見えるときとか」と夫人はいった。

しかしいつまでも『猫』のヒゲはかかれない。しびれを切らした洲之内は、これがないと展覧会の点数が足りない、たったいまかいてくれ、とせまったが、タローがあの姿勢で寝てくれないとダメだ、と画家は温顔を崩さずに拒絶した。それでも粘ると、仕方がない想像でかきましょう、ヒゲのデッサンならあるのです、といった。見せてくれたスケッチブックには、たしかにヒゲだけのデッサンが二枚あった。

つぎに訪ねたとき、猫にはヒゲがかいてあった。だが左頬だけである。なぜ片側だけなのか、と思ったが、両方かかれるのを待っていてはいつになるかわからない。渋る画家から強引に『猫』をもらってきた。三十センチ×四十センチほどの小ぶりな絵である。その絵は客に売らないでくれといわれたので、洲之内は七〇年暮れの展覧会では、自分で買うつもりで初めから赤札をつけておいた。

長谷川潾二郎は函館出身、四人兄弟の長兄は海太郎、林不忘の筆名で『丹下左膳』を書いた作家だが、注文に追われて働きすぎ、三十五歳で急死した。弟は作家・ロシア語翻訳家の長谷川濬《しゅん》、末弟が作家の長谷川四郎である。

展覧会のあとで訪ねると、画家は憔悴《しょうすい》していた。身内に不幸があったという。居住まいを正した洲之内に、長谷川潾二郎はタローの十一歳での死を告げた。そうして傷心の画家は「タローの履歴書」をくれた。

そこに、こんな一節があった。
「幼時家庭教師につきてフランス語と音楽を学ぶ。フランス語ではとくに次の章句を愛し、実践す。
Le chat sage boit et monge avec sobriété.（賢き猫は節制を以《も》って飲食す）
音楽ではエリック・サティの曲を愛好す。鼠《ねずみ》はとらざれど、庭にて小鳥をとるハンターとしての技神に入る」

洲之内徹は当初は作家志望で芥川賞の候補に三回なった。しかしその後画廊勤めから画廊経営に転じ、やがて美術評論を書き始めた。美術評論といっても、主題とする絵に自分の心情と身辺の出来事をからめた「私小説的評論」で、彼にしか書き得ない、または彼にしか許されないタイプの書きものであった。結果、彼は「私小説」の暗さから脱したが、やはりどこまでも「私小説的」な『気まぐれ美術館』を十四年間、百六十五回『芸術新潮』に連載した。『気まぐれ美術館』百六十六回目を書き出そうとして倒れ、そのまま意識を回復することなく亡くなったのは、一九八七年十月二十八日、七十四歳であった。
洲之内が「盗んでも自分のものにしたい」とした絵数十点「洲之内コレクション」は、のち宮城県立美術館にまとめて収蔵された。だから洲之内が「幸福をかいた絵」と評した『猫』は、片ヒゲのままいまもそこにいる。

せきかわ・なつお
作家。1949（昭和24）年、新潟県生まれ。谷口ジローとの共著『「坊っちゃん」の時代』で手塚治虫文化賞、『二葉亭四迷の明治四十一年』などで近代日本人の精神史を考察した業績により司馬遼太郎賞、『海峡を越えたホームラン』で講談社ノンフィクション賞、『昭和が明るかった頃』で講談社エッセイ賞を受賞。著書に『白樺たちの大正』（文藝春秋）、『女流　林芙美子と有吉佐和子』（集英社）、『家族の昭和』（新潮社）、『日本人は何を捨ててきたのか』（鶴見俊輔との共著・筑摩書房）、『子規、最後の八年』（講談社）、『「解説」する文学』『人間晩年図巻』（共に岩波書店）、『夏目さんちの黒いネコ』（小学館）など多数。

猫に最敬礼していた父親

香山リカ（精神科医）

子どもの頃から実家にはいつも犬がいたが、猫を飼うようになったのはおとなになってからだ。

実は父親は犬と同じくらい、もしかしたら犬以上に猫が好きだったようで、自分の書斎からこっそり窓の外に来るノラ猫たちに餌を与えていた。だから、私が暮らす家に来る楽しみのひとつは、一時は六匹もいた猫たちを見たり遊んだりすることだった。

父は私の家の玄関を入ると、必ず「また来ましたよ」と猫たちに声をかけた。とくにボス猫にはまじめな顔で「よろしくお願いしますね」と頭を下げる。とても賢くいつも毅然《きぜん》としていて、ほかの猫たちどころか、一匹だけいた犬までをも統率し、他人にはいっさい気を許さないボス猫だが、私の父に最敬礼されるとじっとその姿を見つめ、少しだけうなずくような動作をするのだった。なんだか「よかろう」という声も聞こえてきそうで、私はいつも噴き出した。

それからは父が室内でくつろいでいたり食事をしたりしても、ボス猫もほかの猫たちもごく自然に振る舞い出す。外部から人が来るとクローゼットに隠れる猫も、いつの間にか出てきて毛づくろいなどをする。私はいつも「猫好きとわかるからか、それとも最初のあいさつが大切なのか」と不思議に思いながらその様子を眺めていた。

父はおとなしい人で、活発にスポーツなどをすることもなく、家で静かに本を読むのが好きだった。仕事に関しても「いま目の前のことを精一杯やる」というタイプで、野心も夢もあまりないようで、よく母は「もうちょっと積極的に人生設計を立てるとか、ねえ」と夫の受け身的な生き方に若干、不満を持っているようでもあった。とはいえ、基本的にはまじめでやさしいので、母も最終的には「まあ、でも他の人がよかったかといえばそんなことはない」と自分を納得させるようなことを言って、〝グチ〟は終わるのであった。

いま思うと、父は猫好きというより、猫的な人間だったのだろう。私は40代になってから70代の父とよく旅に出かけるようになり、友人たちは「よくお父さんと何日もいっしょにいられるわね」などと驚いたが、父はいわゆる〝邪魔になる人〟ではないのだ。着いた先で「ちょっとひとりで買い物してきていいかな」ときくと、「私はホテルの部屋で本を読んでるからゆっくり行っておいで」などと言う。戻ったあとも「どこに行ってきたの」などと必要以上にこちらのことに踏み込んでくることもない。そのあたり、つくづく猫的だと思う。

それにしても、ほかの人にはあまり頭を下げていた記憶がない父が、どうしてボス猫にはあんなに深々と頭を下げていたのだろう。父は「お金があるから偉い、地位が上だから偉いということはないんだよ」と時おり言っていたが、もしかすると「でも、本当に偉い猫はいる」と本気で思っていたのかもしれない。「お父さん、この猫を尊敬しているんですか」とはきかなかったが、もしきいたら「あたりまえじゃないか」と答えが返ってきたかもしれない。

そんな父は10年も前に亡くなった。父が最敬礼したボス猫も世を去った。私の家にはまだ猫はいるが、もう「また来ましたよ」と言って猫に会いに来る人はいない。じんわりとした寂し

さがいつまでたっても私の心から消えないが、それでもこの世のひととき、一方は「よろしく」とあいさつをし、一方は「うむ、よかろう」とうなずいて心を通わせ合っていた父と猫という生きものがいた、と思い出すと寂しさもゆっくりと温まる感じがする。今度は、父とボス猫とがくつろぐ天国の家に、私が「来ましたよ」と訪れて行く日がくるはずだ。そのとき「よろしく」と言ったら、ボス猫は「よかろう」とうなずいてくれるだろうか。父に「真剣さがない。やり直し」と言われないだろうか。とにかくこの世にいるうちは、あのボス猫に恥じない日々を送らなければ…。パソコンの画面に向かいながら、ふと気づくとそんな空想をしていることもある私である。

かやま・りか
精神科医・立教大学現代心理学部教授。1960（昭和35）年、北海道生まれ。東京医科大学卒業。豊富な臨床経験を活かして、現代人の心の問題を中心にさまざまなメディアで発言を続けている。専門は精神病理学。著書に『オジサンはなぜカン違いするのか』（廣済堂出版）、『大丈夫。人間だからいろいろあって』（新日本出版社）、『女性の「定年後」』（大和書房）、『「発達障害」と言いたがる人たち』（SBクリエイティブ）、『迷える社会と迷えるわたし　精神科医が考える平和、人権、キリスト教』（キリスト新聞社）など多数。近著に『精神科医・香山リカが教える！セラピストのためのやさしい精神医学』（BABジャパン）がある。

ご長寿ソマリの星

楠田枝里子（司会者・エッセイスト）

片手に乗るほど小さかった、うちのコも、この冬を無事に過ごし、桜が咲く季節には、17歳になります。人間に換算すると、82歳のおじいちゃん。愛猫マフィンは、ご長寿ソマリの仲間入りをしたのです。

9歳で肺膿瘍《のうよう》を患い、生死の淵をさまよいましたが、動物病院の先生が手を尽くしてくださり、一命を取り留めました。今でも、お気に入りのクッションの上で熟睡しているマフィンに忍び足で近づいて、お腹が規則正しく膨らんで、息をしているのを見るだけで、私は嬉《うれ》しくなってしまう……そんな毎日です。

高齢猫の宿命とでもいいましょうか、マフィンは昨年の春、慢性腎臓病と診断され、食事療法を始めました。さらに今年5月から、1日2回の投薬がスタート。1年前に実用化になった、話題の新薬ラプロスです。ありがたいことに、薬がよく効いているようで、マフィンは以前より活発に飛び跳ね、ご飯ももりもり食べています。

ソマリは純血種ですから、そんなに長生きできる猫種ではありません。それでも、私の公式サイト（www.erikokusuta.com）で呼びかけて調査したところ、なんと19歳のソマリが見つかりました。

佐藤ルディちゃん。横浜に住んでいた男のコです。意外なことに、幼い頃は苦労の連続だったようです。

お孫さんへのプレゼントとして贈られたものの、最初に引き取られたおうちでは、あまり猫が好きではなかったのか、ひどく邪険に扱われました。まだまだ母親の温もりが恋しい時期、甘えん坊で人懐っこい性格のソマリにとって、愛情に飢えた日々は、どんなに辛かったことでしょうか。

とうとう我慢できなくなって、その家から逃げ出したルディちゃんは、動物愛護会に保護され、次の家庭へと引き渡されました。

ところが、そこにはすでに先住猫がいて、そのコはなかなかルディちゃんを受け入れてくれませんでした。ルディちゃんは、恐くて恐くて、押入れの奥に引きこもるようになってしまったそうです。そして、再び愛護会に……。なんと悔しく、悲しいことでしょう。生まれたばかりの小さな命が、相次ぐ厳しい試練にこんなにも苦しまなければならなかったなんて……。

しかし、その後ルディちゃんに、奇跡の出会いが待ち受けていました。5歳のとき、佐藤家に引き取られたのです。それは、逆境に耐え抜いたルディちゃんへの、神様からのご褒美だったのでしょう。今までの不運をいっぺんに取り戻すかのように、平和な生活が始まりました。

家族のみんなから、たくさんの温かな愛情を注いでもらいました。先住猫のロシアンブルーのネオンちゃんは温厚な性格の優しいコで、人間を信じられなくなって荒れていたルディちゃんの心に、辛抱強く寄り添ってくれました。

それから14年間、ルディちゃんは佐藤家で幸せいっぱいの日々を送り、輝くご長寿ソマリの星となったのです。

残念ながら、ルディちゃんは、今年7月1日、虹の橋を渡っていきました。19歳と3ヵ月でした。

最後の1週間は、何も食べず水だけを飲み、お気に入りの場所でただ寝ていたそうです。それでも自分で頑張ってトイレに行き、おしっこをしていたのは、家族に迷惑をかけないようにという気遣いだったでしょうか。亡くなる前日には、買い物から帰ってきたママを玄関まで出迎えて、皆を驚かせました。もうそこまで歩く力など、残っていなかったはずなのに……。

そして翌日、ルディちゃんはパパとママに抱っこされ、なでなでしてもらって、最期はママの腕のなかで静かに息を引き取りました。大往生でした。

その日のルディちゃんの写真は、とてもきれいなお顔をしています。この上なく穏やかで、品格があって。悔いなくたくましく人（猫）生を生き切って、満ち足りた表情のように、私には感じられました。ご家族の溢《あふ》れる愛に包まれて、幸せな旅立ちであったことでしょう。

「マーちゃんは、うちに来て、幸せだったかな？」

と、私は時々マフィンに問いかけます。テレビ番組のスタジオで出会い、目が合って、あまりの可愛らしさに魅了され、そのまま引き取ってしまった、ソマリの子猫でした。

小さなひとつの命を引き受けた責任は、あまりに重い。私は仕事で留守がちですから、小さいコひとりのお留守番は、さぞ寂しかったでしょう。私が海外取材に出ると、ペットシッターさんが毎日お世話に来てくれるとはいえ、長い期間、不安な夜を過ごさなければなりません。おおぜいの家族がいて、いつも誰かが遊んでくれる、賑《にぎ》やかなおうちにもらわれたほうが、このコのためには良かったのではないか、とつい考えてしまうのです。

そんな私の気持ちを吹き飛ばすように、マフィンは澄んだ大きな瞳で私を見つめました。

「なに言ってるの？　ボクが、ママを選んだんだよ」

そうでした、あれは運命の出会いだったのですよね。

この先、何年、何か月、何日、この平穏な日々が続いてくれるでしょうか。マフィンには、次のご長寿ソマリの星をめざして、ずっと元気でそばにいてほしい……。私だけでなく、これは愛猫家全ての願いでしょう。

「マーちゃん、いつまでも、一緒にいようね」

と声をかけると、マフィンは少し怪訝《けげん》そうに、答えてくれました。

「あたりまえじゃない！」


（二〇一八年十二月）

くすた・えりこ

司会者、エッセイスト、チョコレート研究家。三重県伊勢市生まれ。東京理科大学理学部を卒業後、日本テレビのアナウンサーを経て、独立。テレビ番組の司会や、ノンフィクション、エッセイ、絵本など、幅広い創作活動を続けている。著書は、『ナスカ 砂の王国』（文藝春秋）、『ピナ・バウシュ中毒』（河出書房新社）、『チョコレートの奇跡』（中央公論社）など多数。公式サイト「Eriko Kusuta〟s World」（http://www.erikokusuta.com）には、愛猫マフィンのページもある。

我が家の〝かまとお婆ちゃん〟

湯川れい子（音楽評論家・作詞家）

我が家の〝かまとお婆ちゃん猫〟（※注）は、最近は昼も夜もなく眠っているくせに、夜中など突然ガバッと起きると、びっくりするように大きな声でニャーゴニャーゴと鳴いて、誰かを捜し始める。

それが夜中でも早朝でも、あまりに無気味で大きな声なので、私が目を覚まして名前を呼ぶと、不自由な足でドタンドタンと音を立てながら、寝室まで上って来る。

今は40歳の息子が、確かまだ21だった時に拾って来た猫だから、もう19歳になっているはずだと思う。

麻布にあるテンプル大学の側《そば》の道路に捨てられた箱の中に入っていて、折しもゴミ収集車に乗せられそうになっているのを、息子が連れて帰って来たのだが、両目はヤニでグチャグチャにふさがって、右手の先はつぶれたように折れ曲っていた。

病院に連れて行ったら、お名前を書いて下さいと言われて、仕方なく「湯川テンプル」と書いた日から、テンちゃんと呼ばれている。

その病院で切断しないと壊疽《えそ》になって死ぬと言われた右手は、必死でマッサージをしたり、手かざしで気を入れたりして、今も歩くのが不自由ながら、切らずに済んでいる。それどころか若い頃は元気で、隣のマンションの3階のお宅まで日参して遊びに行っていたし、日がな一日、家の前の道路に寝そべって、大きな犬が通ったりすると、自分からじゃれかかって遊んでいた。

目は今も片方がグチャグチャしているし、鼻から口元にかけて黒い模様があったりと、決して器量好《よ》しとはいえない。それなのに、すごく人なつこくて、誰にでも「抱っこ、抱っこ」と甘えかかって行くから、テンちゃん会いたさに学校帰りに寄ってくれる男の子や、言葉が不自由でいつも淋しそうな外国人の女の人が、地面に脚を投げ出して、何時間でもテンちゃんを撫でて行ってくれたりする。私も知らないどこかのおばさんが、我が家の家の前に立って「テンちゃん！　テンちゃん！」と名前を呼んでいて、びっくりした事もあった。

テンちゃんが来た頃は、彼女が3匹目で、多い時は5匹の猫が家の中に居た。それが1匹減り、2匹減りして、今は私の書斎を住処《すみか》にしていて、絶対に人前には出て来ない10歳になるレオンと、たった2匹だけになってしまった。レオンは四谷で保護した猫で、親も兄弟も交通事故で他界。やっとつかまえた時は2ヶ月を過ぎていたから、今も人の足音にさえおびえて、家人の前にも姿を現わそうとはしないけれど、書斎の中に居る限りは、安心して餌を食べたりしている。

テンちゃんが何とも切なそうな、人恋しそうな声で捜しているのは、テンちゃんが来た頃に優しく迎え入れてくれて、グチャグチャの目を舐《な》めてくれたクレオか、クレオが産んだロシアンブルーのパフか、つい最近、天に召されたケンカ友達のピリカなのかも知れない。

最近は特に、時間が飛ぶように早く過ぎて行く。驚いたことに、いつの間にか私は81歳になって、元気そうなふりはしているけれど、体力にも自信が無くなって来た。テンちゃんも〝かまとお婆ちゃん〟化して来たから、もうあと何年も生きていてはくれないことだろう。

今も春と秋には、家の前でご近所の皆さんに手伝って頂きながら、地域猫の救済と保護活動のために、虹猫募金というガレージ・セールを行っている。もう10数年になるので、バザーの日は一日中売り物の古着の上に座っているテンちゃんは招き猫として有名になったし、楽しみにして遠くから来て下さるお客様も増えている。これは私が生きている限りは、続けなければいけない事だと思う。

でも、テンちゃんもレオンも居なくなったら、私はもう猫を飼いたくないと思う。テンちゃんとの別れを考えただけで、今からすでに辛《つら》すぎるからだ。でも、でも、でも……。また誰かがフニャフニャの子猫を「助けて下さい」と連れて来たりしたら……。どうする？

※注「かまとお婆ちゃん」とは、ご存命中は世界最高齢としてギネスブックにも認められていたこともある、本郷かまとさんの愛称。「かまとバア」とも呼ばれている。２００３年にご逝去。

ゆかわ・れいこ
音楽評論家・作詞家。１９３６（昭和11）年、東京生まれ、山形県米沢育ち。60年、ジャズ専門誌への投稿が認められ、ジャズ評論家としてデビュー。早くからエルヴィス・プレスリーやビートルズを日本に広めるなど、独自の視点によるポップスの評論・解説を手がける。また、作詞家としても活躍し、各レコード会社のプラチナ・ディスク、ゴールド・ディスクを数多く受賞。代表的なヒット曲に『涙の太陽』、『ランナウェイ』、『ハリケーン』、『センチメンタル・ジャーニー』、『ロング・バージョン』、『六本木心中』、『あゝ無情』、『恋におちて』など。著書も多数。16年には生誕80年、音楽評論家生活55年、作詞家生活50年を記念して、『音楽を愛して、音楽に愛されて』（ぴあ）、『湯川れい子 音楽を愛して、音楽に愛されて 洋楽セレクション』（ユニバーサル ミュージック）、『音楽を愛して、音楽に愛されて 湯川れい子 作詞コレクション』（ビクターエンタテインメント）が発売された。

半月・ひと月・安楽死

水谷八重子（女優）

トラちゃんが硬いウンチで苦しんで苦しんで。

やっと出たと思ったら、真っ赤な血まみれの小指ほどの物体がぶら下がっている。

むろん大急ぎでお医者さまに飛んで行った。

脱肛の非道《ひど》い痔《じ》と云《い》われて東大病院の紹介状を頂いた。

外科でちょっとお尻の手術をして貰《もら》って……と、割合軽い気持ちでトラちゃんを連れて行った。

「原因を見つけましょう」と外科から内科に変えられた。

翌日、内科の高橋先生に検査の結果を聞きに伺った。

「お気の毒です。斬《き》って取れない血液の癌《がん》です」

頭の中が真っ白になった。先生の声が続いた。

「非常にリスクは高いですが、抗癌剤の化学療法をしますか？　延命六ヶ月は出来ます。このままだとひと月。苦しまないように、安楽死も出来ますが、飼い主さんがお選び下さい」

「ウソ！　絶対に死なせない！」。全身全霊で固く誓った。

「何としてでも死なせません」。そう宣言していた。

「わかりました。今日から抗癌剤の注射をしましょう」

私の頭の中で急に「ハイリスク？　ハイリスク！」と浮かんで来た。

「今日はまだこのまま帰らせて下さい」とトラを抱きしめた。

トラは機嫌が悪かった。だいたい抱っこの嫌いなトラだった。

私の頭の中は「半年・ひと月・安楽死」その三つが駆け巡った。

この茶色のふわふわ毛の塊の「命」、その命が私の手の中に握られている。「命」そんな、そんな大切な、二つと無い「命」の選択。

神でもない私に決められるはずがない。

初めて「命」って云うモノに直面した。

猫、初体験の私にいきなりすり寄ってくっついて来たこの「命」。

私って云う「命」と同じ「命」が縁あって出逢った、ふたつの「命」。

決して消さないぞ！　トラの「命」。

人間の癌検査の先生に、悪性リンパ腫にはどんな治療法があるのか、化学療法が正しいのか、諦め悪く聞きまくった。

「悪性リンパ腫なら化学療法で叩《たた》くのが一番」

翌朝、一番で東大病院に電話をした。

「松野トラですが、高橋先生に」。東大病院はカルテの名前ですべて受付がなされるのだ。松野は私の本名。トラは松野トラなのだ。

この日から、トラの闘病が始まった。２００９年7月の事だった。

トラの茶虎に変わりは無かったが、おひげが一本また一本と抜けてとうとう一本も無くなった。眉のヒョンヒョンと長い白い毛も綺麗《きれい》に無くなってしまった。

茶虎の毛の中で、抗癌剤が闘って、普通の細胞までやられてしまっているのだろう。トラは機嫌の悪い猫になってはいたが、ご飯も頑張って食べていた。一週間に一度、血液検査をして、抗癌剤を打つのだけれど、検査の結果、白血球が半分に減って、注射を打てずに帰って来ることもあった。

紹介者の先生に必ず結果を報告して来た。

その先生、宮野のりこ先生がサプリメントを出して下さった。

核酸のヌクレオ……エビオスみたいな美味《おい》しい錠剤を12粒。

ウンチの硬くなるトラに、肝油みたいなオメガ3脂肪酸を6粒。

茸《きのこ》の粉「メシマコブ」を2袋。

毎日それだけのサプリメントをトラは頑張った。

翌週には白血球の数値が戻って、注射が打てた。

病院からステロイドの飲み薬が出た。

これだけはどうしても飲んでくれなかった。喉の奥に入れてホッとするとブクブクッと泡になって戻してしまう。

3種類の抗癌剤を1つずつ繰り返して打つのだけれど、毎週、検査の結果、白血球の数値が無事に戻って注射を打つことができた。

茶虎の毛の中で壮絶に癌と闘っているのだろう。

「お腹の腫瘍が消えて来たので注射を止《や》めてみましょう」

まだまだ安心出来る訳ではなかったけれど、泪がこみあげた。

その内、血液検査も、月に一度になった。

気が付くといつの間にか長いおひげが生えて来ている。
目の上にもツンツンと白い眉毛が戻ってきた。
検査が二月に一度になった。
あれから6年、トラは17才。
「命」と「命」、大事に繋《つな》いで生きている。

みずたに・やえこ
女優。1939年（昭和14）年、東京生まれ。父は歌舞伎の名優14代目守田勘弥、母は初代水谷八重子。16歳で新派の初舞台。同年にジャズ歌手としてもデビュー。菊田一夫演劇賞、松尾芸能賞、芸術祭賞、都民栄誉賞、文部大臣賞など数多くの賞を受賞。95年、水谷良重改め二代目水谷八重子を襲名。01年紫綬褒章、09年旭日小綬章を受章。エッセイストとしても知られ、日本エッセイストクラブ選ベストエッセイ集に00年版から03年版まで4年連続で選ばれた。

半日間の猫暮らし

澤田瞳子（作家）

先日、ほんの半日だけではあるが、我が家に初めて猫がやって来た。二十年来師事しているお稽古事の師匠が近所に越して来ることとなり、引越し作業の間、猫を預かる約束をしたのである。

なにせ師匠とは長い付き合いだけに、日本語なら「一」を意味する名の幼い「彼」がやって来た日のことも、元気盛りの彼が悪戯《いたずら》を繰り返し、借家の大家さんから怒られたことも――そして十八歳になった彼から少々元気が失われてしまっていることも、私はかねて聞いていた。弟子同士誘い合ってご自宅にうかがい、彼と遊んだのも一度や二度ではない。

しかしそんな彼でも、我が家に来るとなれば話は別だ。師匠は「キャリーに入れておけば、おとなしくしていますよ」と仰《おっしゃ》るが、それはあまりに可哀想すぎる。家族で相談の末、使っていない一室を整理し、彼のホテルに当てることにした。

部屋の隅の箱階段は、彼が上っても大丈夫なように片付ける。紐《ひも》、ゴミ箱、ゴキブリホイホイ。思いつく限りの危険物を取り払い、師匠にもメールであれこれ問い合わせて迎えた当日、

「怯えて出てこないと思いますがねえ」

と言いながらキャリーを開けた師匠にはお構いなしに、彼は悠々と部屋の真ん中に歩み出て、大きく伸びをした。そして私を見つめ、「にゃっ」と「ぎゃっ」と交じり合ったようなしゃがれ声で少し鳴いた。

予想外のその態度に、飼い主のプライドがいささか傷ついたのか。師匠は「多分、食べないと思います」「一応、念のため」「まあ、いらないでしょうが」とウェットフードを皿に開け、簡易トイレを拵《こしら》え、水皿に持参のペットボトルの水を注いで、あわただしく出て行った。

彼は不安がるでもなくそれを眺めていたが、やがて少しだけ食事に口をつけると、ベッドの脇に寝転がってのんびり毛づくろいを始めた。

……おかしい。

一般に猫とは、初めての場所でこうも寛《くつろ》がない生き物なのではなかろうか。それが私の知識を裏切り、十八年の付き合いである飼い主の予想すら無視して、こんなに悠然としていいのか。

あまり頻繁に様子を見に行ってはいけないだろう、と別の部屋に引き上げると、ほとんど物

音はしないものの、微かな生き物の気配だけがまるで淡い匂いのように伝わってくる。

空気の色が違う、とはよく使われる陳腐な表現であるが、猫がいるのといないのでは本当にこの言葉がぴったりなのだと、私は初めて知った。

そんな初の猫のいる生活を楽しむ私とは裏腹に、業者のトラック到着が遅れたことから、師匠の引越しは長引きに長引いた。しかし、「手間取っています。すみません」「迎えに行けるのは夜になりそうです」という立て続けのメールにはお構いなしに、「彼」は数時間かけて食事を平らげ、水を飲み、様子を見に行った私にすりっと身をこすりつけた挙句《あげく》、目の前でトイレまで使った。

そして我が家に来てから、ほぼ十二時間後。とっぷり夜が更けた頃、師匠が引き取りに来ると、彼は大して嬉《うれ》しそうな気配も見せず、抱き上げられるままキャリーに納まった。

使用済みのトイレや空の餌皿を見ても師匠が無言だったのは、やはり飼い主なりの矜持《きょうじ》だろうか。いや、もしかしたら長い猫飼いである師匠は、猫が人間の思惑を易々《やすやす》と無視してのけることに、本当は慣れっこなのかもしれない。だとすれば猫がいる生活とは、小さくも愛らしい生き物のかそけき気配を肌で感じながら、最後の最後では交わらぬ彼らと密《ひそ》やかに歩み続けることなのだろうか。

あれから半月。師匠の家はきっとずいぶん片付き、きっと彼も居心地のいい場所を見つけて、そこで昼寝に励んでいるのだろう。だがその一方で不思議なことに、彼が過ごした我が家の部屋にはまだ、微かな猫の気配が残っている。それをあの日の残滓《ざんし》として懐かしみながら、私は猫との暮らしにあこがれ続けるのである。

さわだ・とうこ
作家。１９７７（昭和52）年、京都府生まれ。同志社大学文学部文化史学専攻卒業、同大学院博士課程前期修了。奈良仏教史および正倉院文書の研究にたずさわり、10年『孤鷹の天』（徳間書店）で小説家デビュー。11年、同作で中山義秀文学賞を最年少受賞。12年『満つる月の如し 仏師・定朝』（徳間書店）で本屋が選ぶ時代小説大賞、13年、同作で新田次郎文学賞受賞。16年、『若冲』（文藝春秋）にて親鸞賞受賞。著書に『火定』（ＰＨＰ研究所）、『落花』（中央公論新社）、『能楽ものがたり 稚児桜』（淡交社）など。近著に『駆け入りの寺』（文藝春秋）、『名残の花』（新潮社）などがある。

闇にまぎれぬ黒

井坂洋子（詩人）

猫も個性があり、人との相性がある――これは猫好きか、猫と暮らした経験がある人なら誰でも知っていることだろう。

私は今まで、時期は異なるが、七、八匹ほどの猫と一緒に暮らした。どの子も可愛いが特別な結びつきを感じたのはプーカズと呼んでいたオスの黒猫だ。気位が高く、かんしゃくもちで、そのくせ外敵には弱く、猫嫌い。一人でいることを好んだ。

まだ毛がまばらなころから哺乳瓶で育てたので、私を母親と思っていただろう。ブロック塀の上や、ベランダの手すり、屋根など高いところにひらりと飛び乗るのをトクイとしていた。

私が流しで食器を洗っていると、横の冷蔵庫の上からこちらをじっと見下ろしていた。時々彼を見あげると、かっと見開いた黄色い目で見返す。らんらんと光る目のうち、片一方だけ瞳孔から下に稲妻形の青い影があった。

私があまり彼のほうを見あげずにいると、ちょんちょんと私の頭を、手のような前足でつつく。それを合図に、私は彼のほうへ伸びあがり、彼は頭を下に向けて頬と頬を合わせる。一日何回〝すりすり〟していただろうか。また、互いの額《ひたい》をくっつけて目をつぶると、不思議なことに深閑とした闇が広がった。他の猫とも試してみたが、そんな特有な感覚はなかった。

もう一匹、プーカズの後から、うちに迷い猫としてやってきて、プーカズより先に逝ってしまった黒猫もいた。プーカズが痩身で長い足だったのに対して、彼は太っちょで短足。コプーと名づけた。

コプーは、どこかで飼われていた猫だったのだろう。人によくなつき、人がキッチンへ行けばキッチンへ、リビングに舞い戻ればリビングに、寝室で横たわっていればその足もとで眠った。

放浪した間の勲章のような傷痕もあり、なかなか頼もしい、賢い猫ではあった。うちの一番の大あねごである三毛猫を、外敵から守るように立ちはだかって、たたかう構えを見せたり、また甲高い声で威嚇するプーカズのそばを通るときは、ゆっくりと頭を下げて歩いた。プーカズはコプーを毛嫌いしているが、コプーはわが家での自分の居場所を、ちゃっかり確保したようだった。

己れを人間《ひと》と思ひゐる黒猫二匹は吾娘《あこ》を挟みてすわる

これは母の詠んだ短歌で、母は猫をあんまり好きではない。シッシッと追い払う口だったけれど、母の部屋にも猫らは忍び入る。特にコプーは二階の重い引戸を、前足二本で、身をよじりながら開け、階段を降りて階下の母の部屋に入ってしまう。

二階の猫娘の出かければ吾《われ》に来て体なでよと足元にねる

静かなる朝の庭をよぎりゆく黒き猫白き蝶《ちょう》青筋あげは

猫や蝶にも私たちと同じ時間が流れているのだろうか。彼らの時間と私たちの時間とは同じはやさで流れ去り、同じはやさで明日を迎えるのだろうか。

等しく時間は与えられているにしろ、はやさは皆違うだろう。生き物のはかなさは、その一瞬の中に永遠のたゆたいがあるからだ。

コプーが亡くなったとき、三毛猫は外出中で、プーカズだけが死にゆく彼を棚の上から見下ろしていた。太っていたけれど固太りだったコプーの体は柔らかくほぐれて、もはや立ちあがれなくなっていた。何度も動物病院に通って、死期が近いことはわかっていたが、少しでもラクになるよう、その日も注射してもらって帰ってきたばかりだった。水のようなものを吐いたあと、横たわったまま彼は、地面を蹴って駆けだしていくような足のさばき方をした。はじめはゆっくり、そして徐々に速度をあげて、彼はたくましく走った。その名を呼び、見守るしかない私の後ろで、コプーを愛する娘の悲鳴に似た泣き声が聞こえる。

駆けぬけていった時空の果てで、コプーはパタッと止まった。

私は棚の上のプーカズを見た。彼に救いを求めたのかもしれない。

その後、ナイトを失った三毛猫が急に元気がなくなり、妙な声で鳴くようになった。猫にも哀憐の情があって、はかない存在なのに、その分、心の波立ちが激しい。三毛猫の死に続いて、プーカズも、姉貴分の三毛が迎えにきたように、三年後の彼女が死んだ日と同じ日に、この世の存在ではなくなった。

私はよく猫の夢を見る。飼っていた子も知らぬ子も大勢出てきて、こんなに増えたら母に悪いと思っている。中に黒猫はいないかとさぐっている。足の長さや黄色い目の中の青い稲妻でプーカズだと思った猫はいた。
けれどコプーは一度も出てこない。あの見事な足さばきで、うんと遠くに駆けのぼっていってしまったのだろう。

いさか・ようこ
詩人。1949（昭和24）年、東京生まれ。時代作家・山手樹一郎の孫。上智大学卒業。『朝礼』で詩人としてデビュー。第三詩集『GIGI』でH氏賞、『地上がまんべんなく明るんで』で高見順賞、『箱入豹』で藤村記念歴程賞、『嵐の前』で鮎川信夫賞、『七月のひと房』で現代詩花椿賞の各賞を受賞。著書に『〈詩〉の誘惑』（丸善ブックス）、『月のさかな』（河出書房新社）、詩論集『詩の目　詩の耳』（五柳書院）など。近著に『黒猫のひたい』（幻戯書房）、『詩はあなたの隣にいる』（筑摩書房）がある。

招福の大トラ

山本一力（作家）

今日に至るまで、わたしは猫を飼ったことがない。そんな身でいながら毎日、猫に囲まれて生活している。

まずは【猫のひたい】だ。

我が家（マンション）には、小さなベランダがある。

本稿を書いているのは3月22日。桜はこれからだ。

ベランダ正面は、パソコン会計ソフト制作会社の本社ビルだ。

築山もある庭園の後ろが建物で、ベランダからは全景が見渡せる見事な借景だ。

庭園には桜と紅葉樹木が、何十本も植わっている。桜は三分咲きのころから、毎日、花の咲き工合を知ることができる。

桜の庭は、目と鼻の先だ。満開を過ぎて散り始めたときは、まさに桜吹雪となる。

飛んできた薄桃色の花びらで、【猫のひたい】は花びらの敷物もかくやとなる。

【猫のひたい】は、狭さの形容詞だ。しかし我が家に限っては、美観を意味する。

これ以上はないという、プラスの取り合わせの表現だ。カミさんと所帯を構えるまでは、わたしもこの慣用句を用いていた。

【猫に鰹節《かつおぶし》】

が、いまは違う。

猫にはイカの燻製《くんせい》だと考えている。その子細は、かつて本紙に書かせていただいた。

しかしすでに9年も前だ。いま一度、なぜイカの燻製なのかを書かせていただく。

カミさんは小学生のころ、銀座6丁目にあった実家（酒屋）でニャオを飼っていた。

場所柄オフィスビルの得意先も多く、多彩な酒類と乾き物を取り揃えていた。

なかでも「イカの燻製」は人気商品。店では常時、大量に仕入れた。そして顧客が手に取りやすい棚に、商品を陳列していた。

イカを食べた猫は腰が抜ける。

耳にしたことはあったが、小学生だったカミさんは「ただの言い伝え」ぐらいにしか考えていなかった。

閉店後の店内をニャオがうろつき、陳列された獲物（乾き物）を狙っているさまを、家内は何度も目にしていた。

「ニャオ！」

声をかけるなり、瞬時に姿をくらました。太めの猫だったが、逃げ足は敏捷《びんしょう》だった。

ある日曜日の朝。

幾ら呼びかけても、ニャオが姿を現さなかった。さりとて外に出た気配はなかった。もしや店に？と思い、家内は階段を踏み鳴らして店に降りた。店内にいたとすれば、階段を踏む足音で姿を隠したに違いない。

ところがニャオは、イカ燻製商品の棚下にうずくまっていた。

「ニャオ、どうしたの」

異変を感じた彼女は、猫に駆け寄った。それでも、うずくまったままである。

両手を身体の下に回し、抱え上げた。

いつものニャオなら、これをひどく嫌った。ひと声発するなり、身体を前後左右にゆさぶり、彼女の手から飛び逃げた。

あの朝は、手足をだらりと垂らし、いやがる素振《そぶ》りを見せなかった。

いや、そうじゃない。

手から逃げたいのだが、腰が抜けて動けなくなっていたのだ。ニャオがうずくまっていた棚下には、爪と歯で引き裂かれたイカ燻製の空き袋が、なんと3袋も転がっていた。

イカを食うと猫の腰が抜けるのは本当だ。


【借りてきた猫】

語の興《おこ》りは知らないが、おとなしい振舞いを意味する語句だと理解している。

とはいえ借りてきた猫なのだ。

借りてくる前の、本来の棲《す》み家にいるときは、まるで様子が違っているはずだ。

【猫に鰹節】の稿にもある通り、カミさんは酒類販売店が実家である。

薬屋の親爺《おやじ》は、いつも健康そうに見せる。

化粧品屋の娘は、常に様子のよさを保つ。

という次第に倣《なら》ったのか、カミさんは「一升瓶も辞さず」を内に秘めているのだろうが。

いまでは酒が入るのはまれで、下働きを買って出る酒屋のさがが身についている。

家内とは常に行動を一にしている。講演会後の懇親会などでは、勧められてもグラスに口をつける程度。呑むのは脇に追いやり、ひたすら接待につくしている。

まさに【借りてきた猫】の如しだ。

たまさか気の置けない面々との歓談・会食となると【猫かぶり】が剥がれる。そして本性の大トラ、大酒食らいのネコへと激変する。

ひとたびトラと化した猫は、度しがたい。

「おまえなんか、どっこも合格しないぞ!」

大学受験を目前に控えた次男は、思わず介抱する手の力が脱けたという。が、それは束《つか》の間のことだ。

カミさんに大事に思われていることを、長男も次男も、わたしも知り尽くしている。

我が家の【招き猫】がだれなのか、も。

やまもと・いちりき

作家。1948（昭和23）年、高知県生まれ。14歳の時に上京し、都立世田谷工業高等学校電子科卒業。通信機輸出会社、大手旅行会社、コピーライターなど十数回の転職を経て、『蒼龍』でオール讀物新人賞受賞してデビュー。02年『あかね空』で直木賞受賞。著書に『だいこん』（光文社）、『ワシントンハイツの疾風』（講談社）、『辰巳八景』（新潮社）、『銭売り賽蔵』（集英社）、『菜種晴れ』（中央公論新社）、『銀しゃり』（小学館）、『牛天神 損料屋喜八郎始末控え』（文藝春秋）など多数。近著に『後家殺し』（小学館）、『旅の作法、人生の極意』（ＰＨＰ研究所）などがある。

『ねこ新聞』と私と原口さんご夫妻

山根明弘（西南学院大学教授）

今年の7月の終わりころ、久しぶりに副編集長の原口美智代さんからメールをいただいた。このコーナーの原稿依頼である。美智代さんのメールには「原稿を書いてもらう人を探すのにいつも苦労しているけど、『ノラネコロジー』の連載以降、長らくあなたに原稿を書いてもらっていなかったわね。だってあなたは、身近な存在すぎて気がつかなかったのよ」

美智代さんや緑郎編集長にとって、私が「身近すぎる存在」であるというのは身に余る光栄である。私にとっても、原口さんご夫妻と『ねこ新聞』との出会いがなければ、現在までノラネコの研究を続けていたかどうかはわからない。あまりに私事すぎて恐縮ではあるのだが、この機会に私と『ねこ新聞』、そして編集長と副編集長とのやりとりを書き留めておこうと思う。

私も今年で53歳、当時の記憶が次第にぼやけ始めているからだ。

「ノラネコロジー」の連載が『ねこ新聞』で始まったのは、大学院の博士課程を修了した直後あたりだったと思うので、今から四半世紀も前のことになる。ネコの研究で博士になったからといって、すぐに職にありつけるわけでもなく、そのころはバイトをしながら糊口《ここう》をしのぎつつ、大学で細々と研究を続けていた。しかも、当時は今のような猫ブームなどではなく、「ノラネコの研究なんかやって、何か社会の役にたつの?」とか、「税金の無駄遣いなのでは?」などと散々な言われようだった。当然、研究職につけるあてもない。農水省系某研究所の研究員の応募で、最終面接まで残って喜んでいたら、面接官からは開口一番に「ノラネコの研究なんかしていてもね……」などと言われる始末。これ以上、ネコの研究を続けていても先はないのかも。そんなことを思っていたころ、研究室に一本の電話が入った。

「なんでもいいから、君が猫について書いたものを送って欲しい」電話口からの低い声の主は、原口緑郎編集長だった。そして一方的に要件だけ告げると、こちらの返事もろくすっぽ聞かずに電話を切られてしまった。数日後、『ねこ新聞』という不思議な新聞のバックナンバーが私のもとに届き、私はその送り主に私が書いたネコの論文を送った。すると数日後、その時はたしか夜だったと思うのだが、電話がかかってきた。この時の編集長は軽く一杯やっていたかのような上機嫌なご様子で、「君の論文読んでみたけど、とても良い。とにかく何か書いて送って欲しい」これがノラネコロジーの連載の始まりだった。

しかし、この連載も最初の第1回（1995年5月号）で中断した。編集長が脳出血で倒れられたからだ。それから、復刊までの5年あまり、私は期限つきの研究職を渡り歩き、副編集長の美智代さんから連載再開の依頼を受けた時には、京都大学霊長類研究所に所属しながら、サウジアラビアに生息するマントヒヒの研究をしていた。

連載を再び引き受けたものの、学術論文しか書いたことのない私が、「富国強猫」を掲げる新聞紙上に、しかもそれに賛同するコアな読者たちに向けて、いったい何を書けば良いのか、ずいぶんと迷った。最初のころは、島に暮らすネコたちの生態を、研究データに基づいて淡々と書いていた。そして、回を重ねるにつれてネコと人間の関係のあり方や、両者の共存社会といったナイーブな問題にも踏み込んでいった。それは私にとって、冒険でもあり挑戦のようでもあり、毎回の原稿には苦労したけれども、自分のなかでネコという動物を、多面的な視点から眺めるきっかけとなった。博物館に職を得て、多忙になってきたため、連載は第29回（2003年5月号）で最終回となったが、この「ノラネコロジー」の連載が、その後のネコ学者としての視野を拡《ひろ》げてくれることとなった。

手紙やファックス、メールなどで、何度もやり取りをしていた原口夫妻と実際にお会いできたのは、連載終了から半年後の2003年11月だったと思う。シンポジウムでの私の講演を聴きに、編集長の車椅子を美智代さんが押しながら、会場である東京大学まで来てくださった。初めてお会いした美智代さんの凛《りん》とした雰囲気は、さながら気高いシャム猫のようだった。一方、編集長の緑郎さんは人生の修羅場を何度もくぐってきた、少々毒舌なボス猫。そして私は、まだまだ危なっかしくって、どっちに転ぶかわからないような青二才のオス猫。ご夫婦の目には、私がそう映っていたに違いない。その後、何年かして私が本を出版したり、テレビに出演したりするようになると、心から喜んでくださり、『ねこ新聞』の紙上で余さず紹介していただいた。

こうやって振り返ってみると、私は『ねこ新聞』と原口さんご夫妻に育てられたのだと、今になってつくづく思う。そして16年ぶりに『ねこ新聞』の原稿を書きながら私は、久々に実家に戻ってきたかのような懐かしい感覚にひたっている。

やまね・あきひろ

理学博士、動物生態学者。1966（昭和41）年、兵庫県生まれ。九州大学理学部卒業、同大学院博士課程修了。大学院生時代に福岡県相島にて7年間にわたるフィールドワークを行い、ねこの生態を研究。専門は動物生態学、集団遺伝学。国立環境研究所、京都大学霊長類研究所、北九州市立自然史・歴史博物館（いのちのたび博物館）学芸員を経て、西南学院大学教授。16年に相島での研究を再開。著書に『ねこの秘密』（文春新書）、『ねこはすごい』（朝日新書）などがある。NHK『ダーウィンが来た！』などにも「ねこ博士」として出演。

春猫の散歩

岡田貴久子（児童文学作家）

ケネス・グレアムの『たのしい川べ』という本に、心躍る春の朝の愛らしい描写がある。春を語るには、この一節でもう十分ではないかと思う程で、それは石井桃子の温かく細やかな日本語に訳されている。こんなふうに。

「春は、地上の空気中にも、またモグラのまわりの土のなかにも動きだしていました。そして、いままでは、暗くてみすぼらしいモグラの家のなかまではいりこんで、なんともいえないそわそわした、じっとしていられない気もちで、そこらじゅうをいっぱいにしてしまったのです。とすれば、モグラが、きゅうに、はけを床の上に投げすてて、〝え、めんどくさい！〟とか、〝なんだ、こんなもの！〟とか、〝春の大そうじなんてやめっちまえ！〟などといいながら、上着をひっかけもしないで、家からとびだしてしまったとしても、ふしぎはありません。なにかが、上のほうから、出てこい、出てこい、と、命令するように呼んでいたのです。」

まさにこんなふうに、はけや上着は持たないにしても、春ともなればそわそわと放浪せずにはいられない猫がうちにもいる。

うちには、様々な経緯から一緒に暮らすようになった猫が十匹おり、おそらくその様々な経緯が相当に過酷なものだったせいで、おおかたの子は家暮らしに満足している（ように見える）。ただひとりユキ（♂）だけが、格別に耳ざとく、「出てこい出てこい」という命令に忠実なのだ。推定年齢8歳超、体重も8kg超の普段はだらけた大白猫が、この時ばかりは目を瞠《みは》るような俊敏さで人の足元をすり抜けて、日がな一日帰って来やしない。交通事故だの喧嘩《けんか》だの虐待だの、猫をめぐる環境は危険でいっぱいだから、たびたび名前を呼んではそのへんを捜すのだが、家人の声はいっこうに聞こえないらしい。

やがてとっぷり暮れる頃、庭で、ふるる、ぐるる、と、奇妙にくぐもった鳴き声がすれば、お土産つきのお帰りだ。

この時私は何をしていようと、裸足《はだし》で庭に飛び出す。一刻の猶予もならない。だってユキの口にはまず、瀕死《ひんし》のコウモリがくわえられているから。アブラコウモリという手のひらで包める程小さなのを獲《と》ってくる、ユキはその道の名手なのだ。「ふるるぐるる」は誇らしさの余り、鼻息が荒くなるためか。そして飛び出した私を見て、驚きの余り、ぽろりと獲物を落とすユキ。

すかさず拾う私。

息の根を止められたコウモリはもう、助からないが、歯と歯の隙間で命拾いしたものは、セーターの切れ端でくるんで懐で暖めてやれば、羽が折れたりしていても息を吹き返す。一晩、楊枝《ようじ》の先で口に生肉を押し込んだり水を飲ませたりして、ぽつぽつ元気が出たのを翌朝一番で横浜の動物園ズーラシアに連れていく。そこで野生動物保護センターに託せばもう安心、怪我《けが》治療のあと、放してもらえる。

帰りは一人で動物園を歩く。麗《うらら》かな日差しの下、のんびり毛皮を干しているネコ科のアムールヒョウもインドライオンもスマトラトラも絶滅危惧種だと知る。私はコウモリに猫の罪を詫《わ》びながら、なお猫が放浪から無事帰還して末永く栄えるよう願わずにいられない。

おかだ・きくこ
児童文学作家。1954（昭和29）年生まれ。同志社大学英文学科卒業。「ブンさんの海」で毎日童話新人賞優秀賞を受賞。『うみうります』と改題し、白泉社より刊行。主な作品に「怪盗クロネコ団シリーズ」「宇宙スパイウサギ大作戦シリーズ」（共に理論社）、「バーバー・ルーナのお客さまシリーズ」（偕成社）、『ベビーシッターはアヒル!?』『あなたの夢におじゃまします』（共にポプラ社）など。『飛ぶ教室』のYA書評を金原瑞人氏と交代で担当。

二番手の命

最相葉月（ノンフィクションライター）

ニケは十一歳、足が短いマンチカンだ。食事中、そろりそろりとやって来て横に座り、私をじっと見る。人間の食べ物を与えたことはないので、何かくれといっているのではない。たぶん、可愛がれという合図である。

あ、こっち見てるな、見てるな。そう思いながらも、私は、今おまえをかまってるヒマはないんだよと無視をする。それでもニケはじっと見る。マーキングするわけでも膝に乗るわけでもなく、ただじっと私を見る。そのうち私のほうが視線に耐えられなくなって根負けし、頭や首を片手間に撫でることになる。抱き上げると嫌がるくせに、自分が甘えたい時はこれだ。甘え方が不器用なのである。

こうなったのは私と夫の責任だ。半年ほど前、十二年間ともに暮らしたもう一匹のマンチカン、エクトルが死んだ。名前を呼ぶと返事をしながら駆けてくる、犬のように人なつこい猫だった。腎不全と診断されてから一年半あまり、食べ物もトイレも寝床もエクトル中心に回っていた。いざいなくなってしまうと、特別なことを何もしなくていい状態になかなか慣れなかった。悲しみが深すぎて、ニケの存在が慰めにならない。エクトルが死んだから次はニケを可愛がろうとはならなかった。

甘えてきてもつれない態度で追い返すことが続いた。エクトルと違って毛量が多く、服が擦れただけで毛がつく。セーターなど着た日には撫でないどころか逃げ回った。くしゃみと鼻水で苦しそうにしていても、なかなか病院に連れていかなかった。風邪なんかそのうち治ると思っていた。

そんな日が続いた結果、ニケはいつしか、今はいいかな、大丈夫かな、と様子をうかがうように私を見るようになったのだ。

思えば、ニケはいつも二番手だった。わが家にやって来たのはエクトルの一年後。シャムのように垢抜《あかぬ》けた高級感漂う毛色のエクトルと違って、ニケはどこにでもいる茶トラだった。エクトルという名の由来は夫が好きなサルサの歌手エクトル・ラボーだが、ニケは三毛猫じゃないから二毛、という実に安易なネーミングだった。

動物界では当然の掟《おきて》だが、二匹の間には上下関係があった。私たちがエクトルを可愛がっていると、ニケは遠くからそれを見ているだけ。とくに夫がエクトルを溺愛《できあい》しており、愛情の量は明らかに不公平だった。

ボクが代わりに死ねばよかったんじゃないの――。ある日、ニケの声が聞こえたような気がして身震いした。

それは聞き覚えのある言葉だった。

震災で姉を亡くしＰＴＳＤ（心的外傷後ストレス障害）になった女性を取材したことがあった。両親の悲嘆があまりにも深く、そんなに悲しむなら自分が死んだほうがよかったのではないかと思い込み、自分を責めた時期があったと話してくれた。治療を受け、決してそうじゃない、自分の命も両親にとってかけがえのない命に変わりはないのだと理解して回復に至るが、十代の彼女にはそれほどつらい経験だった。

彼女の思いとニケを比べるわけにはいかない。だが、私たちは明らかに命の価値に差をつけていた。だから、ニケの声はうしろめたさから出た私の声。ニケの気持ちをないがしろにしていると自覚しながら、日々をやり過ごしている自分を試す声。ニケが死んだら絶対に後悔する。ニケが死んだら絶対あの目を思い出す。わかっていながらエクトルのようには愛せない。本当にそれでいいのかと責め立てる声だ。

今、夜の八時。まもなく夕飯の支度だ。夜は朝よりちょっとぜいたくなカリカリをやる。ニケ、ごはんだよ、と呼んでも、子どもの頃のようには走ってこない。食べたい時に食べ、寝たい時に寝る。せめて、エクトルに遠慮のいらない悠々自適の余生を過ごしてもらいたい。私にはそれぐらいのことしか願えない。

さいしょう・はづき
ノンフィクションライター。1963（昭和38）年、東京生まれ。関西学院大学法学部卒業。『絶対音感』（小学館、のち新潮文庫）で小学館ノンフィクション大賞、『星新一 一〇〇一話をつくった人』（新潮文庫）で大佛次郎賞、講談社ノンフィクション賞、日本推理作家協会賞などを受賞。他の著作に『青いバラ』（岩波現代文庫）、『東京大学応援部物語』（新潮文庫）、『セラピスト』（新潮社）、『調べてみよう、書いてみよう』（講談社）、『理系という生き方　東工大講義　生涯を賭けるテーマをいかに選ぶか』（ポプラ新書）、『胎児のはなし』（増崎英明との共著）『辛口サイショーの人生案内』（共にミシマ社）など多数。

さらばタンちゃん

浅井愼平（写真家）

朝早く、いつものように散歩に出た。

隣の家の前まで歩くと、優さんが、長い箒《ほうき》で道路を掃いている。

「お早うございます、いつも大変ですね」

ぼくは優さんに近づき声をかけた。

「あっ、お早うございます」

優さんはうつ向き加減で、ぼくを見上げた。

「タンちゃんが、死んじまいました。ご存知でしたか」

優さんはがっかりしたように声を曇らせて云《い》った。

「ええ、知ってました。残念ですね。ぼくの家のものもがっかりです。いい猫でしたからね」

「わたしも、あんな気立てのいい野良猫は初めてでした。大切な友だちを亡くしたみたいに、もう掃除さえ手につきません」

優さんはボランティアで、ぼくたちの家の周りの掃除を始めて、もう数年の日々が過ぎ、近所の猫たちの面倒をなにかとみていた。掃除が終わった後、小さな公園で猫たちと話し合っている姿もよく見かけた。猫たちはそれぞれに個性を持っているが、その中でもタンちゃんは、優しく、それでいて気位が高く、餌の食べ方さえ優雅だった。

タンちゃんという名前は、ぼくの娘が付けた。タンちゃんは実は足が短いからタンちゃんなのだった。けれど、それが欠点には見えず、なんだか美しくさえあった。雌なのだが、ぼくはそれに気づかず雄だと思い、マラちゃんと呼んでいた。マラちゃんのマラはサッカー選手のマラドーナを思わせたからだった。ぼくは猫のマラドーナという名を気に入っていたのだが、雌ではどうしようもない。いつの間にかタンちゃんに決まった。タンちゃんも、それが気に入ったらしく、タンちゃんと呼べばゆっくりと近づいてくるようになった。

「優さん、元気だしてください。残念だけど、命というものは、そういうものですから」

ぼくは優さんの持つ箒に手を触れた。実のところぼくも、ぼくの家族も、タンちゃんがいなくなって、がっかりしていたのだが、優さんのそれは、どうやらもっと深い悲しみにつながっている様子だった。

その朝のことがあってから、優さんの姿を見なくなった。

「タンちゃんの後、優さんもいなくなっちゃった」

ぼくは家族に話しかけた。

「どうしたんでしょうね」

「元気でいて欲しいな」

「優さんはタンちゃんと会うのを本当に楽しみにしていたものね」

ぼくは、今朝も早くに散歩に出た。優さんの姿はどこにもなかった。隣の家の塀の上に見知らぬ猫がいた。近頃、この辺にやってきた猫なのだろうか。

「やあ、タンちゃんの生まれ変わりかい。元気でいてくれよ」

ぼくをじっと見つめる黒い小猫に声をかけた。

散歩の道に優さんの姿はなかったが、青い空に、タンちゃんに似た白い雲が浮いていた。

あさい・しんぺい

写真家。１９３７（昭和12）年、愛知県生まれ。早稲田大学政治経済学部中退。在学中に写真に出合う。65年に日本広告写真家協会賞受賞後、翌年写真集『ビートルズ東京』でメジャーデビュー。東京アートディレクターズクラブ最高賞をはじめ数々の賞を受賞。写真に留まらず表現分野は、映画制作、文藝、音楽プロデューサーなど多岐にわたり、幅広く活躍。

野生味あふれたきみへ

志茂田景樹（作家）

小学生の頃、我が家で猫も犬も飼っていた時期が3年ほどありました。犬のほうは雑種ながらやや大型犬で、その名はジョンでした。

猫の名は忘れました。決まった名がなかったのかも知れませんが、僕は、ねえ、と呼んでいました。ねえ、ちょっと、と呼びかけるときの（ねえ）です。ジョンもねえもそろって野生味にあふれていました。夜間は放し飼いにするジョンは近所の鶏小屋を襲い、父も母もその尻ぬぐいで大変でした。夜間もつないでおくようになると、今度は一晩中遠吠《とおぼ》えを続けました。

我が家は野中の一軒家ではなく、その頃は旧国鉄の官舎に住んでいました。苦情がきて、その後のジョンには悲しい運命が待っていたのですが、ここではねえが主役です。これからは、ねえだけの話になります。

ねえは黒トラでした。しなやかな体つきで、尾も長くて、その尾を子猫のときからよくピンと立てて歩きました。ねえは生後1か月そこそこのときに、次姉が同級生の家から貰《もら》ってきて我が家の飼い猫になりましたが、その当時から野生的で、庭の花壇の花々の間や、雑草の茂みから不意に躍り上がり前足で空気をひっかきました。

何をしているのかとよく見ると、花壇の花や、雑草の花に飛んでくるシジミチョウや、ミツバチを襲撃しているのでした。ねえは虚《むな》しく空振りを続けましたが、次に見たときには確率高く爪にかけていました。食べるわけではなく、ピシピシと前足を振って飛ばしていました。

30戸足らずの官舎で猫のいない家はどこもネズミに悩まされていました。ねえが初めてネズミを捕ったのは、我が家へきてから7、8か月の頃でした。そのとき、台所の板敷きの間で母と近所のおばさんと僕の3人がおやつをしていたのですが。そこへねえはそろりと入ってきて、茶簞笥《ちゃだんす》を見あげてしきりに鼻をうごめかしました。それから頭を低めて茶簞笥と壁の隙間を覗《のぞ》く仕草をしました。その隙間はねえの顔の半分ほどの幅しかありません。

それからはすべてが一瞬のことでした。ねえは前足で茶簞笥の背板をガリッとひっかくや否や、電光石火の勢いで茶簞笥の正面を回りました。

それより早く反対側の隙間からネズミが飛び出したのですが、ねえは逃げるネズミをジャンプして追いすがって押さえつけるように捕まえました。

「よくやった、よくやった！」

母が興奮したように叫び、僕はポカンと口を開けて呆気《あっけ》に取られていました。

ネコ科の野生の凄《すご》みを見せつけられて度を失っていたのかもしれません。

ねえは、いつの間にか、いっとき、僕と仇敵《きゅうてき》のような間柄になりました。学校から帰ると、我が家には誰もいないことが多かったのです。父は勤めで、母は夕ご飯用の買い物に行っており、2人の姉のうち上のほうは市役所勤務で、下のほうは女子高生で、まだ誰も帰宅していなかったのです。おっと、ねえも殆《ほとん》ど留守でした。

僕はランドセルを投げ出すと、少しの時間ゴロリと畳に横になるのが好きでした。あるとき、寝返りを打つと少し開けられた襖《ふすま》の陰から、ねえが顔を3分の1ほど出して僕を見ていました。片目だけで僕を射るように見ているのです。

獲物を見る目だ、と僕は思い、ゾクリとしました。草食動物に、それもムースのように猛々《たけだけ》しい草食動物になったつもりで、僕は四つん這いになりました。そして、じりじりとねえへ近づいていきました。負けずにねえの片目を睨《にら》みつけながら。

ねえはパッと反対側へ跳びました。僕はすかさず襖の間を駆け抜けました。その部屋にねえの姿は見当たりませんでした。

上で威嚇の唸《うな》り声がしました。見あげると、ねえが鴨居《かもい》にいて窮屈そうに背筋を反らし下肢をたわめて、僕を睨み下ろしていました。僕は躍り上がるような恰好《かっこう》をして、グワーオッ、と吠えました。

ねえが柱の中ほどへ跳び、その反動を利用して畳へ跳んで台所へ逃げ込みました。ガラガラ、バタバタバタン、と大音響が轟《とどろ》きました。茶箪笥に跳び上がったねえはその上に並べてあった大小のこけし人形をなぎ倒し転がして落としたのでした。

ねえとはそんな狩猟ごっこをしばらく続けました。ある日、押し入れの上段から襲ってきたねえを、中腰になって迎え撃った僕は額に傷を負いました。つい本気になったらしいねえの爪の餌食になったのでした。

一筋かなり深くついた傷は、何年か経っても跡になって残っていました。

その傷の痕跡が完全に消えたとき、ねえはもうこの世にいませんでした。

ねえ、きみのような猫はもういなくなったよ、やたらいるのはただのペットだよ。

しもだ・かげき
作家。1940（昭和15）年、静岡県生まれ。保険調査員、週刊誌記者などを経て文筆生活に入る。推理小説、伝奇小説、ユーモア小説、歴史小説、絵本、児童書など多彩な作品群で人気を集める。大胆なカゲキファッションでも知られ、自身のブランドでデザインも手がける。また、「よい子に読み聞かせ隊」を結成し、隊長として読み聞かせの全国行脚を行っている。主な作品に直木賞受賞作の『黄色い牙』（講談社）、文芸大賞受賞の『気笛一声』（プレジデント社）、日本絵本賞読者賞の『キリンがくる日』（ポプラ社）など。

わが家の映画ネコ歴伝

戸田奈津子（映画字幕翻訳者）

私は自分の年令にさえいい加減で、10歳ぐらい平気で間違える人間だ。飼っているネコの歳など、すぐ答えられるわけがない。だが獣医に行った時に、ネコの年令が分からないのは飼い主として失格だし、治療にも差し支えることになる。そこで苦肉の策で、ネコの歳を間違えない、こういう方法を思いついた。

幸か不幸か私はこの数十年、日々、映画と暮らしてきた。公開された映画の年度はネットや年鑑を見れば、たちどころに調べられる。ネコを飼う時、その時点で作業していた映画の主人公の名前をつけておけば、年令がすぐ判明するではないか。こうしてわが家のネコたちは代々、映画の主人公の名を持つことになり、私のかけがえのない友達になってくれた。以下がそのささやかな歴伝である。

1代目：ドーリー。シャム。女のコ。映画は『ハロー・ドーリー』（1969年度）。バーブラ・

ストライザンド主演のミュージカル。

字幕のお師匠さんであった故清水俊二先生のお宅がネコ屋敷で（常に20匹〜30匹！）、そこで生まれたシャムのベビーを頂いたのだ。

おっとり優しく、気立てのいいコで、オウムのように私の肩にちょこんと乗って、お出かけをするのが大好きだった。人ごみでの買い物も平気。車に乗せて何泊かの旅行にも連れて行くと、飽きずに窓から流れ去る外の景色を、まん丸な目を更に丸くしてながめていた。

2代目：デニス。アビシニアン。男のコ。『愛と哀しみの果て』（1985年度）。ロバート・レッドフォード、メリル・ストリープ主演のアフリカを舞台にしたラブ・ストーリー。

気位の高い、孤高のネコ。二枚目レッドフォードに匹敵するイケメン。触られるのを好まず、機嫌のよい時だと「1分ぐらい」抱かせてもらえた。

海外旅行で2週間ほど家を空けたことがあった。ペットホテルに預けて、狭い所に閉じ込められるのはかわいそうだと思い、1日に1度来てくれるキャット・シッターを頼み、その他の時間は独りにした。もちろん、寂しかっただろう。心配しながら玄関のドアを開けると、間髪を入れず、「おや、お戻りですか？」という表情で私を一瞥《いちべつ》。す〜っと前を横切って別の部屋に行ってしまった。

だがその夜だけはめずらしく私のベッドに入ってきて、生涯で一度、「ゴロゴロ」とのどを鳴らした。よほどうれしかったのだろう。

3代目：ビクターとアメリア。トンキニーズ。兄と妹。『ターミナル』（2004年度）。トム・ハンクスとキャサリン・ゼタ＝ジョーンズ共演。

この時は「1匹を飼うのも2匹を飼うのも手間は同じ」と、兄妹2匹のトンキニーズをもらい受けた。男のコにはトム・ハンクスの役名、「ビクター」と名付けたのだが、このコだけは寿命を全うせず、わずか2歳で若死にしてしまった。その3日後に私の母が97歳で他界。「ビクターがあの世で母の道案内をかってでてくれたのだ」と、泣く泣く続けて2回のお葬式を出した。悲しい1週間だった。

そして残ったのが、今、一緒に暮らしているアメリア。甘えん坊で、ちょっと触ると「ゴロ

ゴロ」の大安売り。「いけません」と叱ると、二度としないし、また私が仕事をしている時は決して邪魔をしない、ものの分かるいいコである。

ついでに今回、アメリアの年令を映画の公開年度で確かめたら、何と11歳！　漠然とまだ8歳ぐらいかと、たかをくくっていたのだが……。

ペットの死など、この世の悲しみ、苦しみに比べたらものの数ではないかもしれない。でも人生の一時期、日夜を共にし、ツメの垢《あか》ほどの偽りもない関係を築いた相手を失うことは、肉親・友人を見送るのと同じである。

わが家のネコたち、みんな、みんないいコだった。そしていつも、静かに、私の人生を見守り、豊かにしてくれた。ありがとう！

とだ・なつこ
映画字幕翻訳者。東京出身。津田塾大学英文科卒業。好きな映画と英語を生かせる職業・字幕づくりを志すが、門は狭く、フリーの翻訳種々をしながらチャンスを待つ。70年にようやく『野性の少年』などの字幕を担当。さらに10年近い下積みを経て、80年に日本公開の話題作『地獄の黙示録』で本格的なプロとなり、以来1500本以上の字幕を手がける。主な作品に『E.T.』『フォレスト・ガンプ』『タイタニック』『ラスト・サムライ』など。著書に『字幕の中に人生』（白水社）、『スクリーンの向こう側』（共同通信社）などがある。

エウが逝ってしまった後のこと

荻上直子（映画監督）

エウとは、心と心が繋《つな》がっていた。と、今でも思っている。エウが死んでから、3年もの間、ワタシはひどいペットロスに陥った。ペットロスに陥った、というのは、今だからそうわかるのであって、その3年間は、毎日がんばって元気に過ごしているつもりだった。ただ、振り返ってみると、結果的にその3年間、ワタシは何ひとつやっていなかったのだ。映画『めがね』の公開後、仕事のオファーがたくさん来た。CMの撮影やテレビドラマの脚本、もちろん映画の製作。ワタシは、30代半ば。長い間の修業が報われ、やっと軌道にのってスタートしたばかり。まさに全力で仕事をすべき時期だった、……はずなのに、そんな時、エウが死んでしまった。16歳だった。エウは、ワタシが失恋してひとり泣いていると、ヨシヨシと涙をなめてくれ、寒いよーと言うと、仕方ないなーと布団の中に入ってきてくれ、愛してるよーと言うと、手を差し出し、嫌がることなく肉球を触らせてくれた。まるで世話好きのお姉さんのような存在だった。ワタシがエウの世話をしているのではなく、エウがワタシの世話をしていた。ワタシはエウに思う存分甘えていた。そして春の暖かい日、ワタシの愛してやまないエウは逝ってしまった。人生で、初めて本当に大切なものを失った。しばらくの間は涙が止まらず毎日悲しみに暮れて過ごすのかと思ったら、実はそうでもなかった。深大寺でのお葬式の後、家に帰ってきたワタシは、なぜか気がふれたように掃除を始めた。家に残っているであろうエウの毛を掃除機で吸い取り、エウが使っていたベッドを捨てた。この生理的な行動は自分でもよくわからな

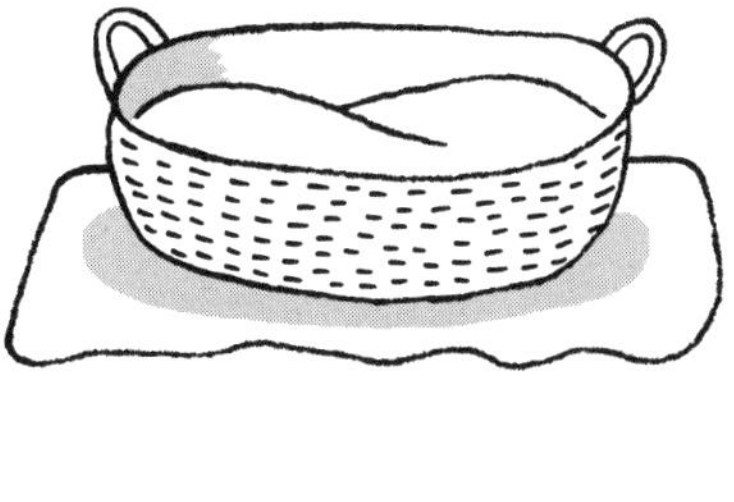

い。綺麗《きれい》に掃除をした後で、部屋の隅にエウの遺骨を置き、エウの写真をひとつ飾った。次の日からは、特に泣くこともなく、パソコンに向かい、仕事を始めた。少なくとも、ワタシ自身は、仕事をしているつもりでいた。しかし、毎日パソコンの前に座っているのに、書きかけの脚本はちっとも先に進まない。そして、来る仕事来る仕事、何らかの理由をつけて、かたっぱしから全て断ってしまう。今考えると、なんであんなオイシイ仕事を受けなかったのだろう、というようなものがいくつもある。面白そうと思える仕事も、ギャランティがすこぶる良い仕事も、とにかく全部、断っていった。そうして、3年たったある日の朝、ぼんやり起きたワタシは、ふと気付いたのだ。あ、そういえばワタシ、何もしていない。ヤバイ、仕事しなきゃ、と。

その後、自分でも信じられない勢いで脚本を書き上げ、とんとん拍子に映画製作にこぎつける。1年かけて映画を完成させ、ほっと一息ついたワタシは、その白紙の3年間を思い返す。あ、そうか、ペットロスだったんだ、ワタシ。

飼い猫の喪失が悲しくて悲しくて毎日泣き暮らすのだけが、ペットロスではないのだな、とその時理解した。

エウの遺骨をずっと部屋の隅に置いていたのだが、一昨年、双子を妊娠したワタシに母が言った。「猫ちゃん、きっと双子に嫉妬するよ。早くお骨を土に還してあげなさい」。そう言われると気になって、思い切ってエウの遺骨を土に還した。線香をあげ、手を合わせると、もうあれから7年も経っているのに、ホロホロと涙が流れた。

今は、双子の女の子たちと事実婚の夫と共に、3匹の猫と暮らしている。滋賀県からやってきたビワコちゃん、猫の里親斡旋ボランティア団体からきたセンセイくん、ふたりの子供である八ちゃん。ビワコちゃんは黒猫で、手足も尻尾もながく美しく、まるでモデルのナオミ・キャンベルのよう。センセイくんは臆病者で、双子が怖くてベッドの下から出てこない。八ちゃんは、眉毛が八の字で鼻にブタのような模様があるおブスちゃん。皆、可愛くて仕方がない。双子と猫に囲まれて、ワタシはとてもシアワセだ。それでも、時々ふとした瞬間に思う。ああ、エウに会いたいな、と。

おぎがみ・なおこ
映画監督。1972（昭和47）年、千葉県出身。千葉大学卒業後、渡米。南カリフォルニア大学大学院映画学科で映画製作を学ぶ。長編劇場デビュー作『バーバー吉野』（03年）を発表し、ベルリン映画祭キンダー映画部門特別賞受賞。『かもめ食堂』（06年）、『めがね』（07年）を発表。『トイレット』（10年）で文化庁芸術選奨新人賞受賞。17年『彼らが本気で編むときは、』を発表。第67回ベルリン国際映画祭・パノラマ部門正式出品、ジェネレーション部門特別上映、日本映画初のテディ審査員特別賞を受賞した。

映画の猫

熊井明子（作家）

亡夫の映画監督の熊井啓は猫好きだった。幼い時、可愛がっていた猫をなくして一生猫は飼わないと決心したとのことだったが、結婚後私の説得（？）で変わった。猫だけでなく動物すべて好きだった彼に、猫はなつき、彼の方もやさしく接していた。

作品にも『愛する』『海は見ていた』ほかいくつかに猫を登場させている。

私にとって最も忘れがたいのは『サンダカン八番娼館《しょうかん》　望郷』（１９７４年）に登場する猫たちである。

この映画の原作は、山崎朋子さんによるノンフィクション。少女の頃から、からゆきさん（東南アジアで働いていた娼婦）として苛酷《かこく》な人生を歩みながら、純粋で人を信じ、他者に救いの手をさしのべるおサキを描いて多くの人の感動を呼んだ。

映画は、本を書くために天草を訪れた女性史研究家の圭子（栗原小巻）が素性をかくしておサキ（田中絹代）に近づくところから始まる。おサキは即、心をひらき、圭子を一人暮らしの家にともなう。

その家はひどい荒《あば》ら屋で、数匹の猫が二人を迎える。おサキは、やさしく彼等にほほえみかけ、圭子もすんなりと、とけこむ。このシーンが猫好きにはこたえられない。

実は山崎朋子さんは猫好きで、猫をめぐる夫君・上笙《かみしょう》一郎氏とのほほえましいやりとりをエッセイに書かれている。そのような山崎さんだから、猫と暮らすおサキさんに信頼され、からゆきさんとして彼女の体験を聞くことができたのだと思う。

このシチュエーション、実は映画化の際、変えられたかもしれなかった。熊井が前作の『朝やけの詩《うた》』で開拓農家を描いたのだが、その際、豚の撮影に大変苦労したから、「今回は生きものは無しにしたい」と言ったのだ。

熊井はシナリオに関してはいつも私に忌憚《きたん》のない意見を求めていたので、その案に猛然と反対した。猫の存在によって、おサキさんと山崎さんの心がふれあい、ノンフィクション『サンダカン八番娼館』が生まれた、と思ったから。

結局、猫は無事に登場し、猫好きにとって嬉《うれ》しい場面が生まれた。

面白いことに、やさしい手つきで猫にふれ、自然に猫屋敷にとけこんでいる栗原小巻さんは、実は猫好きではない。そのことを私は熊井の作品『忍ぶ川』（1972年）の撮影のときに知った。

『忍ぶ川』は米沢の旧家を借りてロケしたのだが、その家には主《ぬし》のような年寄り猫がいた。居間で撮影が始まり、一同緊張するなか、熊井が「ヨーイ、ハイッ」と号令をかけると、その猫がニャーと入ってくるのだ。ライティングなど、やりなおしとなって、さぞ熊井はイライラしたと思う。

当時、熊井は大病が完治しないままクランクインしていたので、私はロケにつきそっていた。控え室で出番待ちの俳優の方たちと一緒にいることも多かった。そんな時、撮影現場から追い出された例の猫が、よく現われた。

主演の加藤剛さんは大の猫好きで、愛猫の写真を持ち歩くほどだったが、相手役の栗原小巻さんは猫が苦手とのこと。ところが、加藤さんや私が呼んでも猫は無視して、小巻さんの所に寄っていくのだった。なぜか猫に好かれるらしい、と猫好きたちはうらやましがった。

『サンダカン八番娼館　望郷』のときも、小巻さんは猫を敬遠したかったに違いないが、そんな様子は見せず、猫にやさしい姿を演じた。

田中絹代さんの方は猫好きで、撮影後、出演した猫の一匹を引きとられた。田中さんは私に、

「溝口健二さんは私の映画の〝夫〟、熊井さんは映画の〝長男〟、あなたは映画の〝嫁〟」

と言われた。その〝映画家族〟を想うとき、幸せそうな顔の〝映画の猫〟の喉を鳴らす音が聞こえてくる……。

くまい・あきこ
作家。1940（昭和15）年、長野県生まれ。信州大学教育学部（松本分校）修了。夫は映画監督の故・熊井啓。ポプリ・ハーブ研究の第一人者。シェイクスピア研究では、新たな角度から探求した業績が評価され、山本安英賞を受賞。主著に『シェイクスピアの妻』『夢のかけら』『めぐりあい：映画に生きた熊井啓との46年』（すべて春秋社）、『シェイクスピアの香り』（東京書籍）、『猫の文学散歩』（朝日新聞社）、『「赤毛のアン」の人生ノート』『シェイクスピアに出会う旅』（共に岩波現代文庫）などがある。近著に『寝てもさめても猫と一緒』（河出書房新社）がある。

身辺に猫を増やしたい

片岡義男（作家）

前足をそろえて体をのばし、おそらくミルクをくれる人を、大きな目を見開いて、賢そうに見上げているほうの猫は、高さが六センチ五ミリだ。白と淡いオレンジ色の毛なみは、足先が見事に白であることによって、引き締まっている。もうひとつの猫は、高さが五センチ五ミリだ。やや姿勢を低くして、左足の先で左耳のうしろをしきりに掻《か》き、左の目を閉じている。こちらの猫も毛なみはまったくおなじで、顔立ちもよく似ている。

二匹の猫ではなく、おなじひとつの猫の、違ったポーズないしは状態なのだ、と僕は理解している。材質は僕には瀬戸物としか言いようがない。ミルクを満たした皿が、初めに書いた猫の右足と一体になっている。この猫のしっぽは体の左側に巻きつき、先端だけが上を向いている。もうひとつの猫のしっぽはうしろにのびていて、そのなかばあたりから、わずかに左へ倒れ、先端は上を向いている。

もう二十年くらい前になるだろうか、通販のカタログで写真を見て気に入り、購入した小さな置物だ。裏には深い緑色のフェルトが貼ってある。イギリス製だったと思う。猫の型として、最低限このくらいの出来ばえなら、僕はためらうことなく買う。

猫の縫いぐるみがひとつある。セバスチャンという名前の雄の子猫だ。ヴァネッサ・ジュリアン・オットルという人が描いた絵本の付録についていた。子猫専用の手下げのついたかごがボール紙で作ってあり、そのなかにセバスチャンは入っていた。この子猫を書店の洋書売り場で見つけて買ったのも、二十年は前のことだ。

たいへん良く出来た縫いぐるみだ。絵本の付録につけるのだから、厚みがありすぎると不都合だ。だからセバスチャンは、ぜんたいとしてリアルな可愛らしさで統一されているのだが、体の厚みだけはリアルではなく、平べったい。しかし、それはそれで、充分に愛らしい。四本の足の処理が巧みだ。前足の二本はほぼ完全に重なり合って一本となり、後ろ足の二本は、前後にずれながらも、縫いぐるみの足としては、一本にまとまっている。

絵本の題名は『セバスチャンの冒険』といい、確か二冊まで刊行されていた。幼い子猫のセバスチャンが、飼われている家の近所へ冒険に出る、という内容で、ページに穴が開けてあり、ページをめくるとその穴から次のページへと、セバスチャンが出ていく、という楽しいしかけがほどこしてあった。セバスチャンはまだ幼い。したがって、家の外にある知らない世界に対して、とまどいが半分、そして緊張が半分、という表情をしている。

なにしろ縫いぐるみなのだから、ポーズも表情もひとつに固定されたまま動かないはずなのに、さまざまな状況のなかにぴたりと収まって、なんの違和感もないところは、作者の腕前の勝利だろう。このセバスチャンを被写体にして、カラー・リヴァーサル・フィルムで、僕はしばしば写真を撮った。僕の記憶では、そのような写真が二点、僕の作った写真集のなかに収録されている。これからはデジタルで、もっと撮ってみることにしよう。

瀬戸物の小さな置物である猫が二匹、そして縫いぐるみのセバスチャン。このふた種類の猫が、いまの僕の日常のなかで、いつも僕のすぐ近くにいる。もうひとつ欲しい、と僕は願っている。木彫りがいい、ときめている。素朴な、なんでもない木彫りの猫で、たいそう猫らしい猫であるといいのだが、抽象化された猫でもいい、という思いもある。大きさは、高さで八センチほどだろうか。

まったく予想もしていなかった、ある日ある時、雑貨店のような店に入ったら、棚の隅のほうにひとつだけいた、というような遭遇が、もっとも望ましい。単独の一匹もいいけれど、子猫を三匹連れた母猫だと、一度に四匹も加わることになる。そんないいことが、果たしてあるだろうか。

かたおか・よしお

作家。1939(昭和14)年、東京生まれ。早稲田大学卒業。74年『白い波の荒野へ』で小説家としてデビュー。翌年には『スローなブギにしてくれ』で野性時代新人文学賞を受賞し、直木賞候補となる。アメリカ文化などに関するエッセイを発表し、当時の若者の絶大な支持を集める。代表作に『彼のオートバイ、彼女の島』『メイン・テーマ』など。近年は『日本語の外へ』などの著作で日本文化論や日本語の考察を行っているほか、写真家としても活躍。近著に『コミックス作家 川村リリカ』(中央公論新社)、『彼らを書く』(光文社)などがある。

猫と涅槃図《ねはんず》

玄侑宗久（作家）

涅槃図というものをご存じだろうか。お釈迦《しやか》さまが亡くなったとき、弟子たちだけでなく多くの動物たちも悲しんだとされ、その様子を絵に描いた軸物が大抵のお寺に所蔵されている。それが涅槃図である。

これは普通、お釈迦さまが亡くなったとされる二月十五日に本堂などに掛けるのだが、うちのお寺では旧暦で涅槃会《え》を行なうため新暦では毎年日が変わり、今年は三月三十一日になる。

さてその涅槃図だが、象や虎、犬はもちろん鹿や猿、鶏、山羊《やぎ》、リスなどの他に、亀や蛇、蟹《かに》、またいろんな野鳥や虫まで描かれている。ところがなぜか、猫がいないのである。

昔から猫は相当身近な動物だったはずだが、なぜ描かれなかったのか……。じつはその理由も昔から語り継がれてきた。

よく見ると、涅槃図の遠景には八本の沙羅双樹《さらそうじゅ》が描かれており、その右上にたなびく雲の上には、羽衣のような衣装を着た摩耶夫人《まやぶにん》（お釈迦さまの生みの母）が従者を従え、心配そうに眼下を覗《のぞ》いている。

腹具合がおかしいというお釈迦さまを心配し、摩耶夫人は赤い袋入りの特効薬を投げてよこしたのだが、その袋がどうも左のほうの沙羅双樹の高い枝に引っかかったらしい。

「あの薬袋を取りに行ってくれる者はいないか」と、誰かが言ったのか、ともかく木登り上手のネズミが真っ先に駆け上がったようだが、そのネズミの走る姿を見た猫が、つい本能剥《む》き出しに追いかけてしまい、殺生にまで及んだかどうかは知らないが、とうとう薬袋は届けられず、お釈迦さまは逝ってしまったのである。

なんと非《ひ》道い猫であることか、ということで、懲罰的な意味も込めて猫は描かない、という伝統がいつしか出来てしまったらしい。

しかしそのことを悲しむ猫好きな絵描きさんも、どうやら昔からいたらしい。重文に指定された東福寺の大涅槃図をはじめ、日本には猫の入った涅槃図が数点ある。

なぜ猫が入っているのか、という物語も大抵は似かよっている。つまり、多くの涅槃図は絹の布に岩絵の具で描かれるわけだが、この岩絵の具が高価であるため、なかには絵の具が足りなくなる場面もあったらしい。そんなとき、猫が絵の具を咥《くわ》えて持ってきた、というのだが、単に「猫好きなので描いた」とは言わないあたりがいじらしい。

しかし子どもの頃からこれを聞かされて育った私は、なんとなく違和感を感じてきた。うちで育ったタマもマリもミーも独歩《どっぽ》も、まずネズミを見ても走りだささなかった。最初に絵から外された理由がまずもって信じられなかった。むしろ、お釈迦さまが臨終だから集まれと言われても、冬場だし日向《ひなた》で寝ていたのではないか。それに、描かれたケースでも、自分を描いてほしくて絵の具を咥えてくるなんて、あいつらにそんな媚《こ》びるようなマネができるものか、と思ったものだ。

それはある年の大雪が降った翌日のことだった。まだ本堂には涅槃図が出ていたから、きっとその年の涅槃会はやや早めだったのだろう。

たまたま学校が休みだったのか、私は炬燵《こたつ》でのんびりしていたのだが、ふと胸騒ぎがして辺りを見まわしてみると、赤トラの独歩がいない。しばらくすると雪降る戸外で布を振り回すような風の音がして、外に出てみると大きな白っぽい犬が走り去るところだった。布の音と思ったのはその犬が積もった雪の中を走り回る音だったらしい。行ってみるとブランコ付近に、子どもが寝そべって遊んだようなへこみが無数にあった。そしてその中の一つに、独歩らしき毛色が雪に埋もれかけて見えたのである。

短い肢《てあし》では地面に着きそうもない雪の中で、独歩はボロボロのぬいぐるみのようになって事切れていた。私は泣きながらまだ温かいその躯《からだ》を本堂まで運び、大きな涅槃図の前の台上に置いた。そして寒い本堂でなけなしの『般若心経』と『消災呪《しょうさいしゅ》』を唱えたのである。

お経が終わっても、私は正坐《せいざ》で震えたまましばらく涅槃図と台上の独歩を見上げつづけた。点《つ》けた蝋燭《ろうそく》の光が独歩の濡れた毛を煌《きら》めかせ、それはまさに中央に横たわった金色のお釈迦さまと重なって見えた。その顔にはもはや苦痛の色もなく、舌を少しだけはみ出させた口許《くちもと》も笑っているかに見えた。中学生だった私は脳裏に「雪中漫歩居士」という名前を思い浮かべた。生まれて初めてつけた戒名だが、いま憶《おも》いだしてもそれは惨めさを感じさせない佳《よ》い名前だったと思う。

そしてそれ以後、私は涅槃図を見るとむしろ描かれなかった猫を強烈に見るようになった。むろん、中央に横たわった輝かしい赤トラ、いや、金色の涅槃像が巨大な猫に見えるのだが、こんなことで果たして僧侶と言えるのだろうか……。

げんゆう・そうきゅう

作家。1956（昭和31）年、福島県生まれ。慶應義塾大学文学部中国文学科卒業後、さまざまな仕事を経験したのち、京都天龍寺専門道場での修行を経て、現在は臨済宗妙心寺派福聚寺住職を務める。2001年『中陰の花』（文藝春秋）で芥川賞受賞。著書に『あの世この世』『釈迦に説法』（共に新潮社）、『多生の縁』（文藝春秋）、『禅的生活』（筑摩書房）、『竹林精舎』（朝日新聞出版）など多数。近著に『なりゆきを生きる－「うゐの奥山」つづら折れ』（筑摩書房）がある。

稲ちゃんと猫

岸田るり子（作家）

小学生の頃、猫の名前を呼びながら、庭中をふらふらと歩いている稲ちゃんに出くわしことがある。そのどこへ向かっているのか分からない足取りは、四十年以上経《た》った今でも私の心に深く刻まれている。

私は、京都市内のお寺の敷地に建てられた家で、十数匹の猫と一緒に育った。どの猫も稲ちゃんが餌をやっているうちに、家に居着いてしまった半野良猫だった。稲ちゃんとは、私の祖母のことで、父は、どこか浮き世離れした実母のことをずっとそう呼んでいた。自分で染めた臈纈《ろうけつ》の着物をさりげなく着こなす明治生まれの粋《いき》な人でもあった。

昔は今と違い、猫は、家と外を出入りしていて、中には、数件の家を渡り歩いて餌をもらうちゃっかりものもいた。家がお寺の敷地にあり、猫が安心してひなたぼっこのできる自然豊かな環境だったこともある。

母が嫁いだ当初、家の中を我が物顔で歩きまわる猫が食卓に平気で飛び乗り、魚を盗むので戸惑ったそうだ。叱《しか》ると、稲ちゃんが「かわいそうに」と猫の肩を持つので、叱るに叱れなくてイライラしたという。

稲ちゃんは、特に、〈ヘップとペンとテコという猫をかわいがっていた。名前の由来は、ヘップは、オードリー・ヘップバーンに似た美人猫だったから。テコは、一度人にあげたのに返されてきたから、手の中に転がり戻ってきたイメージで〈てころんだ〉という、稲ちゃんが作った造語に由来しているらしい。ペンについては、どうしてその名前になったのかは覚えていない。三匹とも、純和風の白黒のぶち猫だった。稲ちゃんにだけ懐いていたので、その三匹は、私と母にとっては他の猫より距離があった。

今思えば、その三匹と稲ちゃんは、私たちなどには計り知れない深い絆で結ばれていたのだろう。

まだ幼かった私は、冬の朝、稲ちゃんを起こしに行って、布団の中から次から次へと猫が出てくるのに目を見張ったことがある。ヘップとテコとペン以外に、クロ猫、きじ虎、三毛猫、和猫の柄ならすべてそろっていた。もう終わりかと思ったら、まだ潜り込んでいるのがいて、稲ちゃんが起きてからこそこそと出てくる猫もいた。

そんな猫たちだったが、餌をやる時だけ、私の足に鼻先と頬をこすりつけてきてねだるので、柔らかい毛の感触をスネとふくらはぎに感じることができた。当時は、ペットフードがまだなかったので、稲ちゃんは焼き鱚《きす》か人間用の缶詰をやっていた。猫にやるついでにお箸《はし》でつまんで私の口にも魚を放り込んでくれた。それが程よく焼けていて、とても美味《おい》しかったので、私は、すっかり味を占めて、餌の時間になると、稲ちゃんの部屋へよく遊びに行った。

天気の良い日、稲ちゃんの猫は、縁側で日がな一日毛繕いをしていた。自分の肉球を舐《な》めては、耳の後ろ、顔、鼻先とくるくる前足を回しながら無心に毛繕いしているのがなんとも愛ら

しいのだが、距離が縮まると、さっと逃げてしまう。昨日、あんなに馴れ馴れしく私の足に鼻先をこすりつけてきたのに、まるで別の猫みたいにしらんぷりするのが幼心に不思議だった。

猫は死期が近づくと姿を消すとよく言われているが、稲ちゃんの猫も、知らないうちにいなくなるので、目の前で死んだのを見たことがなかった。

いなくなった猫の名前を呼びながら取り憑《つ》かれたように探す稲ちゃんは、私が目の前にいることにすら気づいていないようだった。それは、ヘップだったのかテコだったのかペンだったのかは思い出せない。

炎天下に猫を探し歩いて、稲ちゃんは倒れて入院した。そして、意識不明のまま帰らぬ人となった。

あの時、稲ちゃんの魂が向かっていく先にいた猫のことに、ふと思いを馳せることがある。

きしだ・るりこ
作家。1961（昭和36）年、京都府生まれ。10代でフランスに渡り、パリ第七大学理学部を卒業する。04年に『密室の鎮魂歌』で、本格ミステリの登竜門として知られる鮎川哲也賞を受賞し、作家として活動を開始する。著書に『天使の眠り』『白椿はなぜ散った』（共に徳間書店）、『出口のない部屋』（角川書店）、『月のない夜に』（祥伝社）などがある。

ひとんちの、だれんちでもない、猫。

大宮エリー（作家・脚本家）

猫を飼いたいけれど、まだ夢のまんま。でもいつかきっとこの人生のなかで猫を飼うのは分かっているのである。ただ、それがもう少し先になるという感じ。今は、ひとんちの猫やお店の猫や、街を自由に練り歩く猫に遊んでもらっている。

ある夜、三崎口の終電に乗ろうとしたら、駅周辺の猫が改札をくぐって中に入ってしまった。PASMOなんかいらないんだね。

ひょいっと改札をすたすた通り抜ける。ぴんぽーん、って鳴らない。それを見た猫がまた一匹、そしてもう一匹、乱入。駅の中は大混乱。駅員さんが、3人も駆けつけ、猫を外へ出そうとする。

それを見ていて、私は、改札をみごと通過した猫達が、階段を下りて本当に電車に乗ったらどうなるのかなぁ。旅にでたかったんだにゃ〜、なのかな？　どこへいきたいんだろう。やっぱり猫は電車に乗れないの？　切符がいるの？　そんなことを思った。

ひとんちの猫。甲府の馬場さんちの猫は、息子さんが拾って来たそうなんだけれど、預かってくれ、というので、もう、自分で面倒みなさいよ、とぶーぶー言いながら預かってみたら、「もう、かわいくてかわいくて。ひきとりに来たけど、返さなかった」と笑っていた。

マメっていう。名前は、マメ。

これがねぇ、いいんだよねぇ。名前を呼ぶ、みんなが、いい。なぜか、どんなおっさんも、可愛い声になる。猫にこびを売るのだ。構ってもらいたいと必死で猫にこびをうる面々。

「マメ〜ッ」

「まめ、まめ？」

「まーーめーー」

男達はみんな這《は》いつくばり、猫と同じ目線になって、必死に呼ぶのだがしらんぷり。でも、たまに「にゃぁ」なんて返事するものだから、もうみんな、めろめろ。ぎゃふんとなる。「可愛いーー！」

なんなんだろう。あの、ツンデレ。完全に我々は翻弄《ほんろう》され、そしてそれが愛おしい時間、癒されるのである。

遊んであげる、ではなく、猫に、遊んでもらうのだ。毛玉がついた、紐《ひも》を、ひょい、と投げると、最初はやっぱり無視されるのだけれど、しばらくやっていると、いや、こちらの投げかたが、マメのお気に召した場合、ぱしっ！とキャッチしてくれる。このキャッチの仕方が、見事。あの可愛い、ピンクの肉球と、白いふわふわのお手てで、ぱしっ、とキャッチする様は「わあ！　キャッチしてくれてありがとう！」と感涙ものなのだ。

椅子にマメがいる場合、椅子の柵の間から、手がにょきっと出て来て片手でキャッチ。顔はそっぽをむいていたりする。そういうものぐさだけど、やることやっちゃうところにもまた、胸きゅん。「か、片手で、しかもそっぽむいているのにキャッチした！」となる。

山形の温泉宿の猫、ふくちゃん。ふくよかな、お餅のような座布団のようなふくちゃん。とにかく抱きごこちがいい。看板猫とはこのこと。みんな、ふくちゃんに会うのを楽しみに再訪する。温泉もご飯も素晴らしいけど、やっぱりふくちゃんと触れ合いたい。ご飯をたべていても、あっちにふくちゃんがいると、みんな気もそぞろ。トイレにいくといって立ちあがった友人が結局やっぱりふくちゃんと遊んでいる。

夜、用事があって階下に降りたら、真夜中、ふくちゃんと遊んでいたおっさんを発見。おっさんは走り回り、ふくちゃんが追いかける。真夜中の追いかけっこ。日中、這いつくばって、「ふくちゃん！　ふくちゃん！」と呼びかけて、遊び道具を振り回しても、つれない態度にしょんぼりしていたおっさんを見かけていたので、なんだか胸打たれた。声をかけず、ふたりきりにして、そっと部屋に戻った。

猫は、たまに窓の外を見ている。雨を見ている。物思いにふけっている。いつだって我が物顔だ。つれない。自由気ままに自分の時間とペースを楽しんでいる。そんな対等で、気高い関係が好きだ。自由気ままなくせに、実はそっと、飼い主のことをそっと気遣って、想ってくれている。そういう優しいところも好きだ。飼い主の友達や見ず知らずの知り合いとまで、たまに、仕方なく、遊んでくださる。

全ての猫達に感謝と尊敬を込めて。

おおみや・えりー
作家・脚本家・映画監督・演出家・CMディレクター・CMプランナー。1975（昭和50）年、大阪府生まれ。舞台・テレビドラマ・CMの脚本や演出を手がける他、体験型個展も数々発表。主な著書に『なんとか生きてますッ』（毎日新聞社）、『物語の生まれる場所』（廣済堂出版）、『大宮エリーのなんでコレ買ったぁ?!』（日本経済新聞出版）、『虹のくじら』（美術出版社）など。近年では画家としても活動し、12年より体験型個展を開始。個展、芸術祭と各地で精力的に作品を発表し、人気と評価を集めている。

猫無敵

小林聡美（女優）

猫の個性はさまざまで、その個性は飼い主が一番よく知っている。それがどれだけ愛らしく、滑稽であるかということを、自分だけが知っているという優越感。もしかしたら、自分の猫のこの行動は特別なんじゃないか。こんなことができちゃったのはうちの猫だけじゃないのか。もしかして天才⁉　そんな、猫バカ、猫自慢な人間は世界中にいるようで、インターネットのYouTubeでは世界中から投稿された、猫バカ、猫自慢、猫ハプニングな動画を観ることができる。

世界中から集まる映像だからか、それとも猫という生き物の奥深さか、本当にそれはそれは個性的で衝撃的で想像を絶するような映像のオンパレードである。ツボにはまる猫、風呂に入る猫、二本足で立って窓の外を見る猫、水道の蛇口を頭から浴びて水を飲む猫、ジャンプしそこねて転落する猫、喋《しゃべ》る猫、歌う猫、ハイタッチする猫、扉を閉める猫、積もった雪の中を頭だけだして移動している猫、犬と仲良しな猫、赤ちゃんに弄《もてあそ》ばれる猫、ひたすらデブな猫、ひたすら変な顔の猫等々。ちょっとだけのぞくつもりが、気が付くとあっという間に相当の時が経《た》っている。かなり中毒性のあるサイトである。私の友人などは、仕事が辛いときなどこのサイトで現実逃避をし、とんでもない時間をここに費やし、かえって自分の首をしめる事態に陥ったりしている。私のように、実際に猫を飼っている人間からすると、そこに投稿された映像は、確かに面白くて可愛くて楽しいけれど、やっぱり、生の猫の魅力やハプニングにはかなわないだろう、とどこか余裕がある。しかし、猫を飼いたくても、さまざまな事情で飼えない人にとって、このような映像の数々は、もう、なにをどうやったって垂涎《すいぜん》モノらしいのだ。このサイトを見るがために、ガラ携でパソコンもやらない友人は、わざわざiPadを購入した。猫好きの友人からは、「この猫みた?」とサイトで発掘した面白猫の情報が送られてくる。人気のある動画は何万件ものアクセスがあって、なるほど、世界中のひとがこぞってアクセスするものは、確かに見ごたえのあるものであったりするのだった。

しかし、そんな世界中から集まった猫動画を観て、なにかモヤモヤした気持ちが私の中に芽生えてくるのを無視することはできないのであった。それは「うちの猫だって…」という気持ちである。うちの猫だって、このくらいジャンプするし、うちの猫だって、おもちゃ投げたらとってくるし、うちの猫だって、きっと、きっとどこか特別なところがあるもん！　そう、私も完全なる猫バカ猫自慢なのであった。私が帰ってくると猫が玄関の三和土《たたき》にスライディングして腹をだしたまま撫でてもらうのを待っているとか、トイレ（人間の）に入ると必ず入ってきて横倒れになり、首根っこを掴《つか》まれてビューンと引きずりだされるのを待っているとか（なんか倒れて待ってる系ばかりで地味……）、とっておきは、私が横になると、腰のマッサージやら、脇のリンパを流してくれたりする（これもモミモミする動作ひとつだが）。……ああ、地味。こんなレベルでは世界の舞台にあがることはできないに違いない。つい最近では、ゲゲゲの鬼太郎の主題歌を唄《うた》う猫ドラミちゃんが「ドラミちゃんの口くさい」と言われ「んぎゃあああああっ！」と猛烈に怒る、という名動画を観たばかりだ。世界の舞台は遠い。

そんな世界中の猫好きの人々を和ませ、闘志をかきたてる動画の数々も、もとは猫が自分だけに見せてくれたハプニングである。そんな、丸投げで無防備な猫たちの姿を独り占めできる幸せ。喋らなくとも歌わなくとも、ただ寝転がって待っているだけでも、こんなに、人に必要とされ愛される猫たち。無敵である。

こばやし・さとみ
女優。1965（昭和40）年、東京生まれ。主な出演作に映画『かもめ食堂』『めがね』『プール』『マザー・ウォーター』『東京オアシス』『紙の月』『海よりもまだ深く』『閉鎖病棟』など、ドラマ『すいか』『パンとスープとネコ日和』『山のトムさん』など。著書に『マダム小林の優雅な生活』『ワタシは最高にツイている』（共に幻冬舎）、『読まされ図書室』（宝島社）、『ていだん』（中央公論新社）など。近著に『聡乃学習』（幻冬舎）がある。

はるのはいく

南 伸坊（イラストレーター・エッセイスト）

「ねこはいく」というのは、ねこのつくった俳句を略したのだ。ねこは、俳句をつくらない。指を折って字数をかぞえられないし、紙に字をかいたりできない。

だから、私が出した本『ねこはいく』には、ほんとのねこのつくった俳句はのっていない。ねこだったら、たいがいこんなふうな俳句をつくるだろう。というのを私が考えてつくったのである。

かげろうや
くうきにとける
ひのひかり

というのは、かげろうのたっているところを見ると、お湯にさとうを入れてかきまわしたようだな、と、私が思ったことがあって、この観察はねこらしいと思ったのだが、よく考えれば、ねこは、さとうをまぜたお湯なんか好きではない気がする。

はまぐりの
ささやくよるや
ねしずまる

という句は、ねこである私が、すでにスイッチが切られてしまったコタツの上で寝ていると、台所のほうから、ぶつぶつひそひそと、音がして、ははあ、あれは流しにおいてあるボウルに入ったはまぐりが、出している声だ。と気づいたという句だ。

てふてふと
てふてふてふと
ちょうちょとぶ

というのは、あったかくなって、ちょうちょがとんできたようすを、えんがわで寝ている私が、目で追っている。みたいな句である、と思っていただきたい。

以上は『ねこはい』にのっている句だが、折角『ねこ新聞』に原稿を依頼されたのであるから、旧作を書きつけるばかりでは申しわけない。

またあらたに、ねこになったつもりで、いくつかつくってみた。

ねこは、春といわず夏といわず、秋といわず冬といわず、年がら年中、ねているけれども、まだ肌寒い春の、日向《ひなた》でもって、ねこがねているのはうらやましいような気のするようすだ。

それで春の日の光の中でねこがねているような句をつくってみた。

はるのひの
ざぶとんのうえ
ほかほかの

このざぶとんは、日当たりのいい廊下に干してあるのだ。四枚くらいを横にならべたところでもいいし、にんげんがちょっとそこでつかって、かたしわすれたみたいになっている一枚でもいい。

うとうとと
できたてのはる
ほやほやや

という句は、そうしたざぶとんの上で、ねているねこが、ゆめうつつのうちにつぶやいている。いまここに、春の新品ができたてだなあ、ほやほやでさいこうや、といっているので、このねこは関西生まれかもしれない。

はるのひる
ふとんをほした
やねのうえ

という句は、しきぶとんが、瓦屋根《かわら》のうえに、じかに干してあるのだ。とうぜんのように、そこにねこはねるのである。

日が当たって、しきぶとんは、ほかほかや。

そういえば、さっきは廊下のざぶとんの上で寝てたんだな。

というので、さらに一句つくった。

しゅんみんや
やねのうえにも
ろうかにも

しゅんみんが、ねむいのは、屋根のうえにも、廊下にも、しゅんみんのせいぶんが、ただよっているからだろう。

ねこは、道なんかで出会うと、ちょっと用心したような顔で、こっちを見るものだ。

そうして、けんのんなら、さっとわきによけていったり、ちょっとの間、じっとしていたりする。

ねこが、こっちに気のついていない時、ねこはじっと何かを見ていたりすることがある。何

か考えているふうだ。
私は、ねこは紙に書きつけこそしないが、ああいう時に、はいくをひねっているにちがいないと思っている。

みなみ・しんぼう
イラストレーター・エッセイスト。1947（昭和22）年、東京生まれ。美学校卒業後、デザイナー勤務を経て出版社・青林堂に入社。後に雑誌『ガロ』の編集長を務める。フリーランスになってからは、エッセイに自らイラストをつける手法により「イラストライター」と自称する。あたたかみのある描線の似顔絵や、シンプルながら洗練された装幀でも知られる。第29回講談社出版文化賞ブックデザイン賞受賞。著書に『ねこはい』『ねこはいに』（共に青林工藝社）。近著に『私のイラストレーション史』（亜紀書房）、『生きてく工夫』（春陽堂書店）などがある。

我が愛しの王子

立原透耶（作家）

王子というのはわたしが初めて養うことになった猫である。それまで実家では大型犬ばかりが家族だったので、猫に対しては正直いうと偏見があった。とはいえ一人暮らしを始めると、犬は難しいことが分かった。散歩をする時間がとれない。慣れない雪国で冬道はうまく歩けない。出張が多いのに一泊たりともお留守番させられない。

いろいろと悩んだ末に、猫に挑戦してみることにした。そこまでの決心をするのに2年がかかった。もっとも背中を押したのは、友人がブログにアップしている可愛らしい猫の写真、エピソードであった（SF作家の林譲治氏と愛猫）のだが。

結局友人の影響を受けて同じ猫種、同じ毛色の猫が我が家にやってきた。ラグドールの男の子である。王子は我が家に来た当初から物怖《ものお》じすることなく、トイレの失敗もない、わがままもいわない、とにかく賢くて愛らしい。わたしはいっぺんに彼に夢中になった。

王子がどれだけ賢いかという逸話は事欠かない。たとえば、わたしが熱を出して寝込み、何も食べていなかった時のことである。王子がごそごそしているので何かと思ったら、口いっぱいにキャットフードをくわえてきて、ザラザラッと枕元に吐き出したのである。それをぐいぐいとわたしの口元に押しつける。食えということか。さすがにキャットフードは無理なので弱々しく「ありがとう」とだけお礼をいったところ、王子はしばしじっと考え込むような仕草をした。しばらくしてベッドから飛び降り、今度はがたんごとんと大きな音をたてながら、また寝室に戻ってきた。何事かとびっくりして覗《のぞ》き込むと、なんと王子は必死で猫缶を運び込もうとしていた。わたしが感動したのはいうまでもない。それ以降、わたしが食事をとらないと必ずキャットフードをくわえてくるので、いつも「ありがとうね」といって食べる振りをすることにしている。

ほかにもこんなことがあった。試供品で入浴剤をもらったので湯船に入れてみた。普段は入浴剤は使わないので、わたしはとてもうっかりしていた。深く考えずに湯船に片足を入れたとたん、ずるり！　見事に足を滑らせてしまったのである。ものすごい音をたてて全身が沈んだ。がぼがぼしながら、なんとか頭をお湯から出そうともがいていると、「にゃあああああんんんんん！！！！」聞いたことのない凄《すさ》まじい王子の雄叫《おたけ》びが聞こえた。その声がみるみる近付いてくる。どんっ、体当たりしたのだろう、風呂場の扉が開いた（た、助けに来てくれたのね！）。わたしが感動する間もなかった。扉に体当たりした王子はそのまま勢いあまって、湯船にジャンプイン。ようやくお湯から脱したばかりのわたしの頭の上に飛び乗ったのだ！（ぐええ）突然4キロの物体に飛び乗られ、わたしの頭はまたもや湯船の中に沈んだ（し、死ぬー！　殺されるーっ！）。王子はパニック状態でわたしの頭にしがみついていて離れない。重さと痛みでわたしの頭もなかなかお湯から抜け出せない……。

あの時は本当に「猫に殺される」と思った。なんとか助かった時は全身の力が抜けそうだったけれども、とにかく王子を頭の上から引き剥がし、しっかりと抱きしめたのだった。

そんな王子は生まれつき病弱で、これまでに何回も危篤状態に陥った。2014年には2週間24時間点滴完全看護状態でもダメで、一か八かの大手術をして、お医者様にも「今夜か明日の朝だと思ってください」とまでいわれたのに、奇跡の復活を遂げた。原因はこれまで分からなかったが、アメリカに送った細胞診の結果、猫には珍しい膵臓《すいぞう》の難病だったことがようやく判明した。今は毎日2回薬を飲んでいるせいか、体調はずいぶんと落ち着き、無事に6歳の誕生日も迎えることができた。

王子のおかげで猫の魅力に目覚め、我が家にはほかに3ニャンの女の子たちもやってきた。にぎやかで楽しい毎日である。

たちはら・とうや
作家・翻訳家（中国語）。『夢売りのたまご』で91年下期コバルト読者大賞を受賞、以後、FT、ホラー、SFなどを執筆。主な作品に『闇の皇子』（エンターブレイン）、『ささやき』（角川春樹事務所）、『竜と宙』（幻冬舎）、『立原透耶著作集1〜5』（彩流社）など。近年は実話系怪談『ひとり百物語』（メディアファクトリー）シリーズを発表。また中華圏SFを愛し、その紹介と日中SF友好のため日々奮闘中。

猫ネットワーク

三浦しをん（作家）

トイレへの通路をふさぐように、水の入ったペットボトルを並べたやつがいる。最初に見たときは、「どうしてこんなところにペットボトルが」とちょっと驚いた。俺様の体はしなやかだから、するりとよけて通っているが、腹が立ってしかたがない。

こんなことをしでかす犯人は明白だ。いつも窓辺に座っている、ドテラを着た女だ。女は窓からボーッと表を眺めていることが多く、俺様は窓の下の草むらを通りかかるたび、「おい、そろそろ仕事したほうがいいぜ」と注意喚起してやっている。

その恩も忘れ、常識にはずれた行いをするとは。たぶん女は、買ってきたペットボトルをうっかり屋外に放置してしまっているのだと思うが（見るからにズボラそうなドテラ女なのだ）、邪魔だから早くどかしてほしい。

そもそも女は、俺様の行動を注視しすぎだ。キウイの木の下に寝そべって涼を取っているときも、軒下で日なたぼっこをしながら股間を舐めているときも、女の視線を感じて落ち着かない。俺様は魅力的かつ堂々たる体躯《たいく》の持ち主なので、つい見とれてしまうのもわかるが、「惚《ほ》れるなよ」と言いたいね。

昼ばかりでなく、夜も女は俺様に夢中だ。女が住む家屋の外壁には、動くものに反応して灯《とも》るライトが取りつけられている。パッと明かりに照らしだされた俺様を、カーテンの隙間からじっと見ている女に気づいたときには、さすがにぞっとした。ストーカーじみている。

しかしまあ、基本的にはまぬけな女だ。大半の夜は、俺様に気づかずグーグー寝ている。ペットボトルによってトイレへ行きにくくなった腹いせに、女の窓の外で大用を足してやった。見くびってもらっちゃ困る。地球全体が俺様のトイレなんだぜ。でも、俺様は優しく慎み深い男でもあるから、大のうえにちょいと土をかぶせておいてやるのも忘れなかった。

翌日の昼、のこのこ起きだしてきた女が窓を開け、俺様の置き土産を見て、「ぎゃー、やられた！　復讐《ふくしゅう》された！」と悲鳴を上げていた。ふっ、そんなに喜ぶなよ。俺様は女の黄色い声を背中で聞きながら、会合に出席すべく、草むらを通って空き地へ向かった。

ま、会合という名のデートなんだけどな。最近、むちゃくちゃ細身のかわいこちゃんに惚れられちまってさ。「ダーリン、明日も空き地に来てくれるでしょ？」なーんて言われて、うれしい、いやいや困ってるんだ。モテる男はつらいぜ、ほんと。

＊

拙宅の敷地内を通り道にしているらしい猫は、確認できただけでも四匹いるのだが、なかでも、茶色い太めの猫（「ぶちゃいく二世」と名づけた）が非常にふてぶてしい。

建物の角を勝手にトイレにしており、ペットボトルで対抗したら、今度は私の部屋の窓の真下がトイレ認定されてしまった。ぐぬぬぬ、と怒りに震えながらフンの始末をしている。なぜ、私がおまえの尻ぬぐい（文字どおり尻ぬぐいだ）をせねばならんのか。

陰湿な復讐をかましてくることからもわかるように、ぶちゃいく二世はちっちゃい男だ（図体はでかいが）。敷地内で若い猫に行きあおうものなら、威嚇しまくって追い払う。仲良く通ればいいじゃないか。若い猫（白黒のブチ）は、「今日はぶちゃいく二世さん、いないといいな～」という感じで、おそるおそる敷地内を通過するようになった。

先日、私は衝撃的な光景を目にした。近所の駐車場のどまんなかに、ぶちゃいく二世が座っていた。そしてなんと、彼の隣には、灰色のきれいな猫がいたのである。二匹の仲は良好なようだった。ぶちゃいく二世のご満悦そうな表情といったら！

ブチに対するときと、ずいぶん態度がちがうじゃないか。むろん私に対しても、常に「ふん」

って感じで、自由奔放に排便していくばかりのくせに、美猫（たぶん雌だろう）には鷹揚《おうよう》。腹立つなあ、と思い、「ぶちゃ、ぶちゃ」と呼びかけてみたが、ぶちゃいく二世はちらとも振り返ってくれなかった。お隣にいる美猫に夢中らしい。

なぜ貴様がモテてるんだ。と思うが、なんとなくわかる気もする。ぶちゃいく二世の振る舞いは、堂々として自信に満ちあふれている。心の赴《おもむ》くままに、散歩したり昼寝したり喧嘩《けんか》したりトイレをしたりする。野良猫なんだろうけれど、空の下すべてが彼にとっては家なのだ。自由を体現し謳歌《おうか》する姿は、たしかにかっこいい（太り気味で、顔面も人間の基準からすると迫力がありすぎるように見受けられるが）。

それでついつい、「お、ぶちゃいく二世」と目で追ってしまうのだが、今日も彼はつれない素振《そぶ》りで敷地内を通り抜けていった。「トイレはまたあとでするつもりだぜ」と背中が語っているようだった。

みうら・しをん

作家。1976（昭和51）年、東京生まれ。早稲田大学第一文学部卒業。00年『格闘する者に○』（草思社）でデビュー。『まほろ駅前多田便利軒』（文藝春秋）で直木賞を、『舟を編む』（光文社）で本屋大賞を、『あの家に暮らす四人の女』（中央公論新社）で織田作之助賞を受賞。他に小説『風が強く吹いている』（新潮社）、『仏果を得ず』（双葉社）、『光』（集英社）、『愛なき世界』（中央公論社）など。エッセイも人気で『お友だちからお願いします』（大和書房）、『ぐるぐる♡博物館』（実業之日本社）など多数。近著に『のっけから失礼します』（集英社）がある。

彼女たちの事情

朝井まかて（作家）

仕事をしていると、寝食を忘れてしまう性質《たち》だ。ただ、否応《いや》なく、即座にデスクから離れる時がある。

「私、今朝から何も食べてへんねんけど」

マグロをぺろりと食べたばかりであるのに、飢え切った声で鳴きわめいている。

わが家の猫、二十歳の老嬢だ。さらに、自らボウルを引っ繰り返し、水を追いかけて遊んだ末に訴えてくる。

「咽喉《のど》がこんなに渇いてるのに、ボウルが空ってどうゆうことっ」

とんだマッチポンプだ。私はおやつを差し出し、ボウルを水で満たし、やれやれとデスクの前に戻る。と、今度は「草食べたい、吐きたい」と、くる。

まったく、要求の多い猫なのである。気も強い。猫好きの編集者さんが手を伸ばそうものなら「触らんといて」と吹きまくり、友人が大型犬をつれて遊びに来た時など、自分の躰《からだ》の数十倍はあるその犬の顔面に猫パンチを喰らわせたこともある。数年前、深刻な病を得て激しく痩せた折も、彼女は断固、注射と薬を拒否して自力で乗り越えた。元の体重を取り戻し、毛艶も甦《よみがえ》った。

ただ、昨年あたりからはさすがに寄る年波か、失敗したことのないトイレをしくじるようになり、食べたことを忘れ、サイレンのごとく無闇《むやみ》に鳴き続けるようになったのだ。呆《ぼ》けの症状を感じ、私と夫は覚悟を決めたものだ。彼女が自然に衰えていくのを受け容《い》れよう、穏やかに見守ろう、と。

ところが今年の一月、状況が一変した。やむにやまれぬ事情で、老犬を一匹、引き取ったのである。

「猫ちゃんとワンちゃんが仲良く暮らすようになったら、素敵ですね。一緒に寝たりして」

そんなふうに言われることもあるが、とんでもない夢物語だ。幼い頃から一緒に育てば別だろうが、彼女は筋金入りの我儘《わがまま》者、決して己を曲げず、誰にも合わせない。当然、犬のケージの前を通るたび、不機嫌になる。

「この子、まだいてるの。一時預かりとちゃうの」

しかし犬の方も生存が懸かっている。新しい家に馴染《なじ》もうとして、懸命に尻尾《しっぽ》を振る。生粋の猫派の私たち夫婦には少々、暑苦しいのだが、引き取った限りは意を尽くし、愛してやらねばならない。しじゅう躰を寄せてきて腹を見せるので、私もつい撫でてやる。すると、ふと視線を感じる。嫌悪の漲《みなぎ》った猫の目だ。「あ、いや、これは違うねん」と、私は浮気を見つかった男のように慌てふためく。

ただでさえ、私が犬の世話にかまけている姿を彼女は観察している。本当はかまけているのではなく、切羽詰まってのことだ。トイレの躾《しつけ》ができていないまま老いているので、ケージから出した途端、方々でやらかしてくれる。一日のうち何度も雑巾《ぞうきん》とクリーナーを手にして跡始末し、その他の事件のさまざまにも対応し、やっとデスクの前に戻ったかと思ったら、もう彼女たちのごはんの時間だ。へとへとだ。

このうえ、猫から素っ気なくされたのではたまったものではない。けれどあんのじょうと言うべきか、彼女は私の前で咽喉を鳴らさなくなり、就寝時は夫のベッドに直行するようになった。そんな馬鹿なと、私は肩を落とす。愛してやらねばならない犬を愛することで、愛さずにはいられない猫の愛を失うなんて。割に合わなさすぎる。

ところがある日、犬を引き取って三カ月ほど過ぎた頃か、あることに気がついた。猫が、犬ではなく猫が、トイレをしくじらなくなったのだ。相変わらず要求は多いのだけれど、サイレンのごとき鳴き声も治まっている。

やがて山桜桃梅《ゆすらうめ》の花が咲く頃、彼女たちは一緒に庭に出るようになった。むろん距離は離れている。犬は土の上を忙《せわ》しなく動き回り、猫は縁側で香箱坐《ずわ》りだ。私はその間に腰を下ろし、珈琲《コーヒー》を飲む。朝の陽射しの中で、私は猫に「いやはや」と愛想笑いをする。

「悪いねえ。苦労かけて」

すると彼女は「わかってるよ」と言わぬばかりに、目を細める。そしてウンチの真っ最中の、尻を振るわせていきんでいる犬を横目で見ながら、ふふんと口の両端を上げる。

「せいぜい、長生きしてやる」

不敵な笑みにつられて、私も苦笑いを零《こぼ》す。そして彼女たちの事情がこれからどうなるのかを恐れつつ、楽しみにも思うのだ。

あさい・まかて

作家。1959（昭和34）年、大阪府生まれ。甲南女子大学文学部卒業。08年『実さえ花さえ』「のちに『花競べ』に改題（講談社文庫）」で小説現代長編新人賞奨励賞を受賞し作家デビュー。『恋歌』（講談社）で直木賞、『阿蘭陀西鶴』（講談社）で織田作之助賞、『眩（くらら）』（新潮社）で中山義秀文学賞、『雲上雲下』で中央公論文芸賞、『悪玉伝』で司馬遼太郎賞を受賞。近著に『グッドバイ』（朝日新聞出版）、『輪舞曲』（新潮社）などがある。

猫に名前をつけるのは

黒木 瞳（女優）

猫に名前をつけるのが、好き。

一番最初に飼い始めた猫の名前は、プリン。

宝塚の劇団員だった頃に飼い始めた。私は娘役でプリンセスを演じることが多かったので、そこから取って、プリンと名づけた。

そのあと宝塚を辞めて私は東京に移り住んだんだけれど、猫を飼えないお部屋だったので、泣く泣くプリンは友人に預けた。

二番目の猫は、ポエット。

十二歳のときに、谷川俊太郎さんの『愛について』という詩集に出会ってから詩が好きになり、それ以来、自分でも詩を書くようになった。

猫の飼えるお部屋に引っ越しをし、猫を飼うときは、名前は詩人（ポエット）にしようと決めていた。ポエット風情の猫がいたらいいなと思って探していたら、まさに中原中也風情の猫がいた（ま、ちょっとオーバーだけれど〈笑〉）。

とにかく青山通りの猫のショップに、そのポエットはいたのだ。しかめっ面をし、そのプニプニの小さなピンクの肉球ですぐにでも鉛筆を握って詩を書きそうな猫がいた。この仔だ〜！って、私、その日のうちに我が家に連れて帰った。

三番目の猫の名前は、馬に子と書いて、マーコ。

この名前の由来は大きな声では言えないけれど、私はある春の競馬ですごく当てた。びっくりするほどの金額を渋谷の場外馬券場で換金をして、そのお金を握りしめたまま猫ショップへ直行。そして、私と気の合う猫を買った。馬のおかげで出会えたから、馬子。

四番目の猫の名前は、ムーン。

そのとき私は初めて猫のブリーダーさんちに行ったんだけれど、それはそれはすごい景色。部屋という部屋にところ狭しと猫がいる、猫がいる。ニャーニャーずっと鳴いている。しかもその猫たちに全部名前をつけているから、ブリーダーさんはこの一〇〇匹以上いるだろう猫の名前を全部知っているし、ちゃんと呼んでいる。

すごい光景に圧倒されながらも、私は仔猫たちとお見合いをして、私と一番気の合った仔に決めた。その仔はそこではムーニーと呼ばれていた。だから、母音を同じくしてムーン（月）という名前を私はつけた。宝塚で、私は月組だったから、ムーンという名もしっくりきた。

それから一〇年、私に娘が産まれた。

娘を連れて帰ってきたときの三匹の猫たちの反応は可笑《おか》しかった。遠巻きから眺め、近づいては離れ、「おぎゃあおぎゃあ！」と絶えず泣く物体（猫からしてみたら）に、興味津々だった。その後、猫たちは自然にその〝物体〟に慣れていった。猫って、状況を受け入れることに長《た》けていると私は思う。言いかえれば、興味がなくなるのが早いだけかもしれないけれど、ネ。

そのうちに娘も歩けるようになり、三匹の猫にごはんを食べさせてあげられるようにもなった。ヨチヨチ歩く娘につきまとう三匹の猫たち。その光景は、今でも私の美しい思い出のひとつだ。

五番目の猫は、カルミー。

毎年娘が誕生日を迎えるその日に、庭のカルミアの花が満開になる。カルミアは育てるのが難しいという人もいる中、娘の誕生日めがけて満開になるカルミアが愛おしくて、五番目の猫はカルミーにした。

その後、六番目の猫は、キャロット。

小学校に行きだした娘が、ママの料理で一番好きなものは?という問いに答えたのが、「人《にん》参《じん》」だった。それが可笑しくて、キャロットという名前をつけたのだ。

七番目の猫は、マリー。

ヨハネ伝一五章にある「私はぶどうの木、あなた方はその枝である」というお話が娘が好きで、私に初めて教えてくれた聖書でもあった。じゃ、猫は女の子だから、マリア様からいただいてマリーにしようと娘と一緒に考えた。

こうやって、出会った猫たちの名前の由来を思い返すことは、自分の人生をなぞることでもある。そのときそのときの自分の大事な想いを、猫の名前にしてきたから。

大好きな猫に大事な名前をつける、だから私は、猫に名前をつけるのが、好き。

くろき・ひとみ
女優。福岡県生まれ。宝塚歌劇団退団後、『化身』で映画デビュー。97年『失楽園』で日本アカデミー賞最優秀主演女優賞受賞など。映画・ドラマ・舞台・ラジオなど活躍の場を広げている。20年8月29日より東海テレビ・フジテレビ系『恐怖新聞』に出演。11月6日には監督作品3作目となる『十二単衣を着た悪魔』が公開予定。

我が家の猫たち

平岩弓枝（作家・脚本家）

神主の家に生まれ育ったので子供の頃から犬や猫と縁が深かった。

この節はそんなことも滅多《めった》になくなったが昔は早朝、拝殿の御扉《みとびら》を開けると廻廊《かいろう》の上にボール箱に入れられた仔猫が数匹、まだ目も開かないような小さいのが弱々しい声で啼《な》いているというのが珍しくなかった。母が牛乳を人間の赤ん坊用のミルク瓶で一匹ずつ抱いて飲ませ、少々、大きくなると社務所のよく陽の当る窓ぎわに猫用の篭をおいて遊ばせておくと参詣に来る人に一匹、二匹と貰《もら》われて行き、もっとも器量が悪く、ひ弱なのが取り残されて我が家の猫になる。

それでも、一人っ子で遊び相手のなかった私にはなによりの友達で、その頃、我が家が飼っていたビーグル犬がおすわりだのお手だのをするのを見せて、さあ、今度はお前の番だとばかり猫に芸を仕込もうとしてニャン子を困惑させた。

あの頃から、いったい何匹の猫が我が家の一員になったことか。

人間にくらべて猫の寿命は短いので、代々の猫が老いてあの世へ旅立つ度に、ああ、もう猫を飼うのはやめようと思うくせにやっぱり捨て猫をみると可哀相だから飼ってやりましょうと親を説得し、名付親になり、知り合いの獣医さんの所へ抱いて行って予防注射をしてもらったり、そんな暇があったら宿題をちゃんとやりなさいと叱られても、動物愛護の精神をつらぬいた。

が、それにしては猫は不人情だと思う。

それを思い知ったのは、私が所帯を持ってからである。

結婚して、二人の娘の子育ても一段落した頃、我が家は鼠《ねずみ》の跳梁《ちょうりょう》に悩まされた。

御近所に数軒、家を改築されたり、ビルにするので更地にしたりということがあって居場所のなくなったチュウ公が我が家をめざして移住したわけでもあるまいが、天井裏を走り廻《まわ》るのはまだしも、深夜、台所へ下りて来て野菜籠の中を物色する、到来物の林檎《りんご》をかじる。

友人が鼠捕りを持って来て仕掛けてくれたが、一向にかからない。いい加減、頭に来ている時、我が家の裏口に一匹の猫が迷い込んだ。痩せていて、毛並みはといえば、或る部分は虎縞《とらじま》、別な所は、豹柄が白い所に入りまじって、おまけに尻尾の裏だけ茶色という雑種の中の雑種を標榜《ひょうぼう》しているのが折柄《おりから》の冷たい雨に濡《ぬ》れそぼち、弱々した声で啼いていた。どうしたものかと途方に暮れている所へ我が家の御主人様が帰って来て、野良猫に餌なんぞやると居着くぞ、といった時、えらく肥《ふと》った鼠が悠々と我々の前を走り抜けようとした。猫が跳《と》びかかって、あっという間にチュウ公がひっくり返ってお陀佛《だぶつ》となり、御主人様はニャン子に向って、

「可哀相だから、飼ってやろう」

と宗旨変えをした。

たまたま、やって来た長女がそれなら動物病院の先生に診てもらって病気がないか調べてもらったほうがいい、わたしが連れて行ってやるとあり合せの篭にニャン子を入れ、彼女が自分の所で飼っているフェレットとやらのかかりつけの診療所に連れて行った。早速、診て下さっ

た先生が、

「仔猫じゃないよ。大年増だ。ちゃんと避妊手術もすんでいる。どこかの飼い猫が捨てられたか、迷い子になったかだろう。折角だから飼ってやりなさいよ。猫助けだ」

とおっしゃってシャンプーをして頂き、すっかり美猫になって名前も「トモコ」と付いた。拾い主のよい友達という意味だそうで以来、十年余り、すっかり家族の一員となり、神職である我が家の亭主が神社へ出勤する時は参道を一緒に歩いて行き、おまいりの人々から「宮司さんのお供猫」の仇名《あだな》がついた。

そのトモコが昨年の秋、死んだ。我が家は多分もう猫を飼うことはないであろう。

一つ、書き忘れた。何故、トモコを不人情と思うのか。餌をやるのも、糞尿《ふんし》の始末をするのも私だったのに、トモコが一番なついたのは我が家の亭主だったからである。

ひらいわ・ゆみえ
作家・脚本家。1932（昭和7）年、東京生まれ。日本女子大学国文科卒業後、戸川幸夫に指事。59年『鏨師』で直木賞受賞。74年に発表した『御宿かわせみ』は40年以上にわたるベストセラーシリーズとなるなど、多くの時代小説、小説、随筆を発表。吉川英治文学賞、日本文芸大賞、菊池寛賞、毎日芸術賞を受賞。『ありがとう』など数々のテレビドラマや演劇の原作・脚本も手掛け、NHK放送文化賞、菊田一夫演劇賞大賞を受賞。97年紫綬褒章、04年文化功労者、16年文化勲章受章。

猫と妹と

藤堂志津子（作家）

物心ついたとき、すでに家には両親のほかに二匹の猫がいた。白一色、黒一色の二匹である。二匹は私のはじめての友だちだった。どこへゆくにも連れ歩いた。当時の写真も残っている。半袖のワンピース姿だから、季節は夏だろう。私の顔はまっくろに日焼けしている。右手には愛用の地面掘りのスコップ、左手はむんずと黒猫を横抱きにし、足には大好きな白い毛のついたゴム長靴を左右反対にしてはいている。

二匹の名前はおぼえていない。さらに、いつ、どのようにして我が家に仲間入りしたのか、野良だったのか、あるいは他家からもらわれてきたのか、といった二匹の履歴は、いまだに不明である。そうした疑問を持つには当時の私は幼すぎ、だから親にたずねることもなかった。

二匹の猫がいなくなったときの記憶もまったくない。やがて、ふっと気づくと家にはチビという名の縞模様のメス猫と、その娘のコロッケの二匹がいた。私が六、七歳のころから家にいたと思う。チビは落ち着いた賢い母猫だったけれど、コロッケはずっと母猫の庇護《ひご》のもとに育ったためか、いくつになっても娘気分が抜けなかった。仔をうんでも、母親の自覚にとぼしく、授乳しようとしない。やむなくスポイトと牛乳で、私たち家族が育てた。私たちのだれかがスポイトを手にしただけで、ミャーミャーと鳴いて足もとにからみついてきた仔猫のかわいさは、いまだに忘れられない。

家族のなかで猫ともっとも相性のよかったのは、三つ違いの妹である。ひまさえあれば膝にのせている。特にコロッケは妹にべったりだった。

私たちの勉強机は隣りあっていて、背中あわせに末の妹の机も置かれていた。三台の子供用の机を見て、いつも母を嘆かせたのは、二女の机の上のすさまじい散らかりぶりだった。ノートをひろげる余地もないくらいに雑然とし、いくら注意してもなおらない。

宿題をするとき、妹は散らかった机の椅子に腰かけ、ノートをひろげるに必要なだけのせまいスペースをつくる。目の前に積みあげられているモノを、両手でぐいっとむこうに押しやる。その膝には必ず猫のコロッケが、くつろいだ姿勢で、のほほんとのっている。そのころの小学生の一般的な筆記用具は鉛筆で、私などは鉛筆の先がするどくけずられていないと問題もとけないと思いこむたちだったけれど、妹はその点にもこだわらなかった。先のまるくなったチビた鉛筆でもなんでもいいのである。要は書けさえすればいい。

散らかり放題の机の上、歯型までついているチビた鉛筆、しかも膝には眠る猫、といった一見したところ、まるでやる気のなさそのもののような光景だけれど、しかし、二女は私たち三姉妹のなかで、学校の成績はいちばんよかった。小・中・高を通してそれはかわらず、そのことから私は十代にしてひとつの教訓をえたものである。「人間を外見や見かけの行動だけで判断するな。コンビニのバイト青年だって、もしかするとあすにもデビューして超有名になってゆくミュージシャンの卵かもしれない」

妹が高校生のとき、わが家は転居し、コロッケも新しい家に移った。それ以前にすでに高齢になっていたチビは、おそらく死に場所を求めてだろう、家から姿を消していた。

転居からほどなくコロッケはゆくえをくらませた。妹の嘆きようは、それは大変なものだった……それから数十年後、妹はネット上の占いで、コロッケのその後の消息を知ったという。

「うちをでてからすぐに親切な老夫婦にひろわれて、幸せな晩年を送ったんだって」。まじめにそう言う妹に、私もまじめに答えた。「よかったわね」。それが真実かどうかなど、この際、どうでもいいことなのである。

いまも妹は複数の猫たちとくらしている。私はなぜか犬とくらしている。どちらにも配偶者はいない。子もいない。

とうどう・しづこ
作家。1949（昭和24）年、北海道生まれ。19歳で詩集『砂の憧憬』を刊行。広告代理店勤務を経て、88年『マドンナのごとく』で北海道新聞文学賞受賞。89年『熟れてゆく夏』で直木賞受賞。以後、恋愛小説作家として活躍。03年『秋の猫』で柴田錬三郎賞受賞。著者に『熟れてゆく夏』『ソング・オブ・サンデー』『隣室のモーツアルト』（すべて文藝春秋）『ほろにがいカラダ』（集英社）、『独女日記』シリーズ（幻冬舎）などがある。

わが家の外ネコ事情

村松友視（作家）

わが家のアブサンという名の牡《おす》ネコが、二十一歳で大往生を遂げたあと、家の中でネコと共に過ごす生活が途絶えていたが、ガラス戸ごしのアブサンの友だちでもあった外ネコたちは、アブサンの死後にも庭にやって来ていた。その外ネコたちのためにキャットフードを用意したりもしていたが、カミさんも私も、彼らを家に入れる気分にはなれなかった。〝アブサンの代り〟になってしまうネコに対しても、〝代り〟をつくられてしまうアブサンにも、何となく気が咎《とが》める気がしたからだった。

やがて、外ネコの中のボスとして、アブサン存命中の袖萩《そではぎ》の死後、くっきりとその権威をあらわしてきたのが野良の牡ネコであるケンさん、姿かたちが凛々《りり》しく、高倉健のイメージから名づけたのはよいのだが、何しろ生まれつきの乱暴者で、他の外ネコをケンカでやっつけては己れの威勢を示したがる業《さが》をもつ野性的な性格の持ち主だった。

このケンさんに蹴散らされて、わが家の庭から姿を消した外ネコも多く、きらわれ者のイメージをまとう存在だったのだが、彼も時とともに寄る年波の弱みを身につけていった。常勝であったケンカでも、大きな痛手をこうむるケースが次々と生じ、耳のうしろに血をにじませ、片足を引きずるように歩き、衰えがはっきりと伝わってくる時代に入ったのだった。

ケンさんは、ガラス戸を開けても敷居のレールを結界と決めているかのように、そこから内へは入らなかった。それがある日の夜かなり遅く、息も絶えだえという感じであらわれ、すいと結界をこえて家の中へ入り、床に突っ伏して鼾《いびき》をかきはじめた。ケンさんが結界を破った……その、のっぴきならぬ状態がカミさんにとっても私にとっても切なかった。

ケンさんは、しばらく熟睡したあとカミさんがそばに置いた皿の中のミルクを、チロリチロリと舌で巻き上げたあと、部屋の中をぐるりと見回し、「何で俺はここにいるんだ」と急に気づいたかのような顔をつくって、ぷいと出て行ってしまった。

そのケンさんが、東京をもおそった東北大地震以降まったく姿をあらわしていない。ケンさんはどこかへ旅をしているのだろう……それがカミさんと私の気持の落しどころだった。あるいは、あの3・11以後、日本人が思い出したやさしい心の持ち主の家にでも飼われているのか。ともかく、ケンさんは強烈な野良の意地、それに生きる者の躍動感と衰えの哀感を残して、わが家から姿を消した。以後、わが家の庭にはいっさい外ネコがやって来なくなっていた。

ところが、黒と白の模様をもつ牡とも牝《めす》とも分からぬ小ぎれいなネコが、久しぶりにわが家にとっての外ネコとして姿をあらわした。せっかちにニャッ、ニャッ、ニャッと連呼するように鳴くその声に少し紗《しゃ》がかかっていたので、ハスキーと名づけた。ソプラノでないアルトの音域……そんな感じだったのだ。せっかちに間をつめて鳴く紗のかかった声のハスキーには、アップテンポが得意なジャズ・シンガーを思いかさねたりもしていたが、この声はどこかで聴いたことがあると、あるときふと気づいた。

そして私は、ケンさんの晩期たる時代に、紗のかかった妙に低い声で鳴く、アルトと名づけた目立たない外ネコがいたことを思い出した。そのアルトがハスキーとしてふたたびあらわれたのだった。ということは、アルトからハスキーにいたるあいだにあった3・11を、どうにかクリアした幸運を背負っているということになる。

私は、アルト＋ハスキーとの再会に、複雑なセンチメントをおぼえたものだったが、そのアルト＋ハスキーが、彼か彼女かも分からぬまま、またもや姿を消して久しい。いまカミさんと私は、アルト＋ハスキーが不意にあらわれたときのためのキャットフードを用意し、うっすらとした期待とともに待っている……そんなきょうこの頃の心境なのであります。

むらまつ・ともみ

作家。1940（昭和15）年、東京生まれ。編集者として多くの作家を発掘した出版社時代を経て作家活動に入る。80年に発表した『私、プロレスの味方です』（情報センター出版局）がベストセラーとなる。『時代屋の女房』（角川書店）で直木賞受賞。『鎌倉のおばさん』（新潮社）で泉鏡花文学賞受賞。『アブサン物語』『野良猫ケンさん』『老人流』（全て河出書房新社）など、著書多数。

お守り

出久根達郎（作家）

歯の治療に出かけた妻が、出先から電話をかけてきた。「大変よ」とあわてている。何事が起こったか、と緊張して聞き返す。

「凄いどしゃ降りなの。通り雨だと思うけど」

雨具の用意を忘れたのか。

「いや、そのことじゃない。そちらはまだ降っていない？」

降っていない。

「ああよかった。ベランダにパルルの絵を干してきたのです。すみません、急いで取り込んでおいて下さい。ぬれるとまずいので」

絵？　パルルはわが家の飼い猫の名である。以前、妻は水彩画に熱中し、パルルをモデルに描いていた。作品を風に当てていたのだろうか。よくわからないが、とにかくもベランダに走った。

降ってはいないが、なるほど今にも叩《たた》きつけてきそうな黒い雲が頭上にある。怪しい突風も吹いてきた。見回したが絵らしき物は見当らない。すでに飛ばされてしまったか。周囲を探したが、その様子はない。第一、パルルの物なんて無い。雷が鳴りだした。強い風が来た。

物干竿《ざお》の洗濯物ハンガーが、落ちた。拾おうとして隅を見ると、すでに一つ飛ばされている。持ち上げて気がついた。グレーのチリメン製の巾着が挟まれている。糸クズの固まりのような感触である。何だかわからないが、ハンガーに吊《つ》るしてほしていたようである。

いきなり大粒の雨が落ちてきた。あわてて巾着を外して室内にほうり投げた。

妻が帰宅した。例の巾着が雨に打たれなかった、と知るや、胸を撫で下ろしている。

「これを取り込んでほしいと頼んだのよ」

「パルルの絵と聞いたけど?」

「絵でなく、これです」と巾着の中身を見せた。袋の色と同じ綿の固まりである。

「何だい?」

「パルルの毛です」

リンゴ大ほどある。

毎日、二回から三回、パルルの毛を梳《す》く。長毛の洋猫なので毛玉ができる。しょっちゅう体をなめるため、ほっておくと、糊《のり》で固めたようになる。ノミのすみかになる。毛玉にならぬよう、丹念に櫛《くし》を入れる。

冬から春に移る頃は、抜け毛が多い。一回梳くと、ピンポン玉くらいの量が抜ける。梳いた毛を捨てないで、巾着に溜《た》めた。その巾着が何十個とある。

夏になると、虫がわかぬよう、全袋を日光消毒するのである。今日はたまたま一個干したところで、歯科の予約日であるのに気がつき、あわてて飛びだしてしまった。

「しかし何のためにに保存しているんだい？」

「別に。もったいないからですよ」

「用途は無いんだ」

「たくさん溜まったんですがね。爪も、小箱いっぱいあります。それからヒゲも、何十本か」

「なんと」

ある日、気の置けない者たちの会合で、ペットの話が出た。私は夕立の一件を語った。皆が笑った。ところが数日後、会合の一員から問い合わせがきた。パルルは何歳か、というのである。十七歳だと答えた。猫の寿命としては長い方か、と訊《き》く。現代は人間同様、長命になった

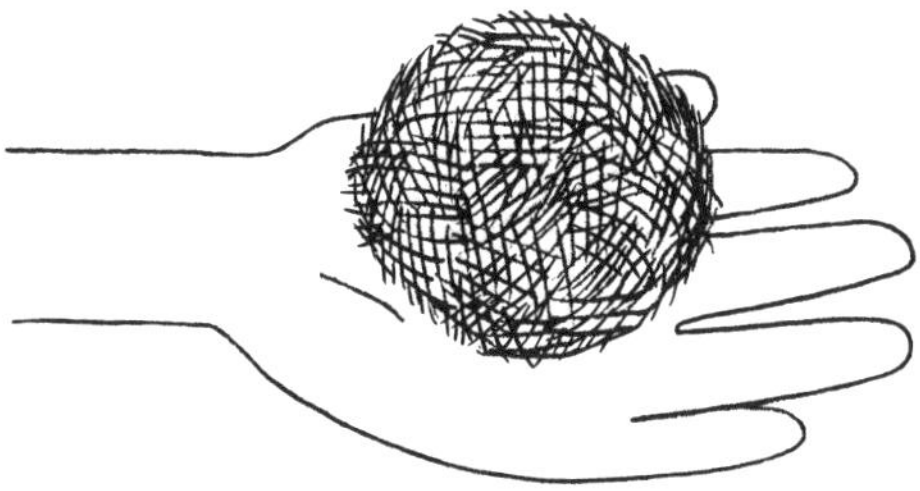

が、それでも十七歳は誇ってよいだろう。

「お願いがある」

声が変わった。真剣な声である。パルルの毛を五、六本、わけてもらえないか。

「お守りにしたい」

「何のお守りです？」

「悪いが、それは内緒だ」

昔の抜け毛でなく、「生きている毛」を所望と言う。「奥さんの許しを得てくれ。奥さんが不承なら、あきらめる」

妻に話すと、パルルに訊いてみましょうと言った。そして顔を洗っているパルルに、「どう？お守りですって」と話しかけた。パルルが手を止めて、ニャアと鳴いた。

「いやですって」と私に翻訳した。

「私も何だか、いや。お守りなんて」そう言って、「ねえ」とパルルの頭を撫でた。

でくね・たつろう

作家・古書店主。1944（昭和19）年、茨城県生まれ。『本のお口よごしですが』で講談社エッセイ賞、『佃島ふたり書房』で直木賞受賞。著書に『猫の似づら絵師』『恋文の香り』（共に文藝春秋）、『猫の縁談』（中央公論新社）、『御書物同心日記』シリーズ・『七人の龍馬』『作家の値段』（全て講談社）、『御留山騒乱』『大江戸ぐらり──安政大地震人情ばなし』（共に実業之日本社）、『かわうその祭り』（角川学芸出版）、『日本人の美風』（新潮新書）、『桜奉行 幕末奈良を再生した男・川路聖謨』（図書出版養徳社）、『漱石センセと私』（潮出版社）、『本と暮らせば』（草思社）など多数。

あとがき「頭の中の猫の居間」

金井美恵子

　誰もが撮れるスマホの「動画」と呼ばれる映像システムのせいというか、おかげで、猫の愛らしい魅力について語る千の言葉より一つのスマホという事態が出来して、文章を書くことは（もちろん、猫に限定してだが、と書きかけ、はたしてそうだろうか、と疑念がわきおこる）、やはり不利なことだと思う。

　下手な文章で、と言うかたいして上手でもない文章の、と言いなおしてもいいのだが、わが家の猫自慢を読まされるより、たとえ文庫本の判型よりも小さな画面の中でも、一眼見れば、そのなんとも言えない可愛さと飼主の愛情深さが説明抜きでわかってしまう。それなので、ワッ、とかアッ、という感嘆符に続けてカワイイ、という思い込めた言葉を発してさえいれば、すべてはすんでしまうのである。

だいたいスマホは誰だって撮れるけど、誰もが文章を上手に書けるわけではないのだし……。

しかし、私たちは、ずっと昔から「猫」というものが「自分の居間でも歩くみたいに　僕の脳裏を歩き廻る」（ボードレール）魅惑の動物だということを知っている。そう、自分の頭の中が、猫の居間化してしまうことをホクホクと認めてきたのだ、とかく愛猫家というものは――。

猫について書かれた文章のほとんどが、頭の中を猫の歩きまわる居間として開け渡した経緯を持つ者によって書かれていて、スマホの画面のように、しゃれて高そうな家具だの、広そうで趣味の良い居間だのは見えず、猫の魅力がいきいきと際立つのである。

猫好きの者たちはボードレールというわけにはいかないにしても、猫の歩きまわる居間を頭の中に持っていることを密かに自慢に思っている。

「さらばタンちゃん」浅井愼平［Vol. 204］（2017年2月）

「野生味あふれたきみへ」志茂田景樹［Vol. 213］（2017年11月）

「わが家の映画ネコ歴伝」戸田奈津子［Vol. 188］（2015年10月）

「エウが逝ってしまった後のこと」荻上直子［Vol. 181］（2015年3月）

「映画の猫」熊井明子［Vol. 224］（2018年10月）

「身辺に猫を増やしたい」片岡義男［Vol. 188］（2015年10月）

「猫と涅槃図《ねはんず》」玄侑宗久［Vol. 220］（2018年6月）

「稲ちゃんと猫」岸田るり子［Vol. 190］（2015年12月）

「ひとんちの、だれんちでもない、猫。」大宮エリー［Vol. 197］（2016年7月）

「猫無敵」小林聡美［Vol. 182］（2015年4月）

「はるのはいく」南 伸坊［Vol. 170］（2014年4月）

「我が愛しの王子」立原透耶［Vol. 182］（2015年4月）

「猫ネットワーク」三浦しをん［Vol. 216］（2018年2月）

「彼女たちの事情」朝井まかて［Vol. 208］（2017年6月）

「猫に名前をつけるのは」黒木 瞳［Vol. 195］（2016年5月）

「我が家の猫たち」平岩弓枝［Vol. 192］（2016年2月）

「猫と妹と」藤堂志津子［Vol. 176］（2014年10月）

「わが家の外ネコ事情」村松友視［Vol. 201］（2016年11月）

「お守り」出久根達郎［Vol. 222］（2018年8月）

［出典］

※全て『ねこ新聞』より

「ごはんの優先順位」角田光代［Vol. 232］（2019 年 6 月）

「猫と鰹節」武田 花［Vol. 174］（2014 年 8 月）

「猫との暮らしはダヤンから」池田あきこ［Vol. 225］（2018 年 11 月）

「特別に忘れがたい猫」保坂和志［Vol. 205］（2017 年 3 月）

「猫はハンター」高橋三千綱［Vol. 185］（2015 年 7 月）

「運命の猫」山口恵以子［Vol.198］（2016 年 8 月）

「あーぺっぺんの来歴」朝吹真理子［Vol. 184］（2015 年 6 月）

「ミシンかけ」浅生ハルミン［Vol. 191］（2016 年 1 月）

「本当の名前」ハルノ宵子［Vol. 233］（2019 年 7 月）

「『幸福』をかいた絵」関川夏央［Vol. 214］（2017 年 12 月）

「猫に最敬礼していた父親」香山リカ［Vol. 228］（2019 年 2 月）

「ご長寿ソマリの星」楠田枝里子［Vol. 226］（2018 年 12 月）

「我が家の“かまとお婆ちゃん”」湯川れい子［Vol. 203］（2017 年 1 月）

「半月・ひと月・安楽死」水谷八重子［Vol. 183］（2015 年 5 月）

「半日間の猫暮らし」澤田瞳子［Vol. 223］（2018 年 9 月）

「闇にまぎれぬ黒」井坂洋子［Vol. 236］（2019 年 10 月）

「招福の大トラ」山本一力［Vol. 219］（2018 年 5 月）

「『ねこ新聞』と私と原口さんご夫妻」山根明弘［Vol. 237］（2019 年 11 月）

「春猫の散歩」岡田貴久子［Vol. 204］（2017 年 2 月）

「二番手の命」最相葉月［Vol. 180］（2015 年 2 月）

月刊
ねこ新聞
the Cat Journal
招
猫
200

200号記念号　2016年10月号

月刊
ねこ新聞
the Cat Journal
とりあえず、タマで。

創刊25周年記念号　2019年7月号

1994年7月に創刊された、世界で唯一の“猫”を題材とした大人感覚の文学紙、月刊『ねこ新聞』。約1年後11号を発行したところで編集長の原口緑郎氏が脳出血で倒れやむなく休刊。その後、左半身完全麻痺の障害手帳1級、車椅子生活となったが、5年7ヶ月のリハビリ休刊の後、2001年2月に復刊。2008年6月号で記念すべき通算100号、2016年10月号で通算200号を達成し、2019年7月号で創刊25周年を迎えた。
創刊から現在まで『ねこ新聞』は“猫の霊力”を信じ、広告を入れず夫婦二人三脚で、心の癒しや安らぎを追い求め続けている。
カラーグラビアの表紙は毎号、季節や特集にイメージをあわせた、猫が主題の『名画』と、詩や俳句などの『文学作品』の意外な組み合わせが評判を呼んでいる。

なお今回のエッセイは『ねこ新聞』167号（2014年1月号）から238号（2019年12月）までにご寄稿くださった著名人100名ほどのなかから39名を選ばせていただきました。

The Cat Journal

『ねこ新聞』

毎月変わる「猫」のカラー表紙画と
「猫好き」著名人の小気味よいエッセイや詩など
満載のタブロイド版8頁。
おしゃれな大人感覚の新聞です。

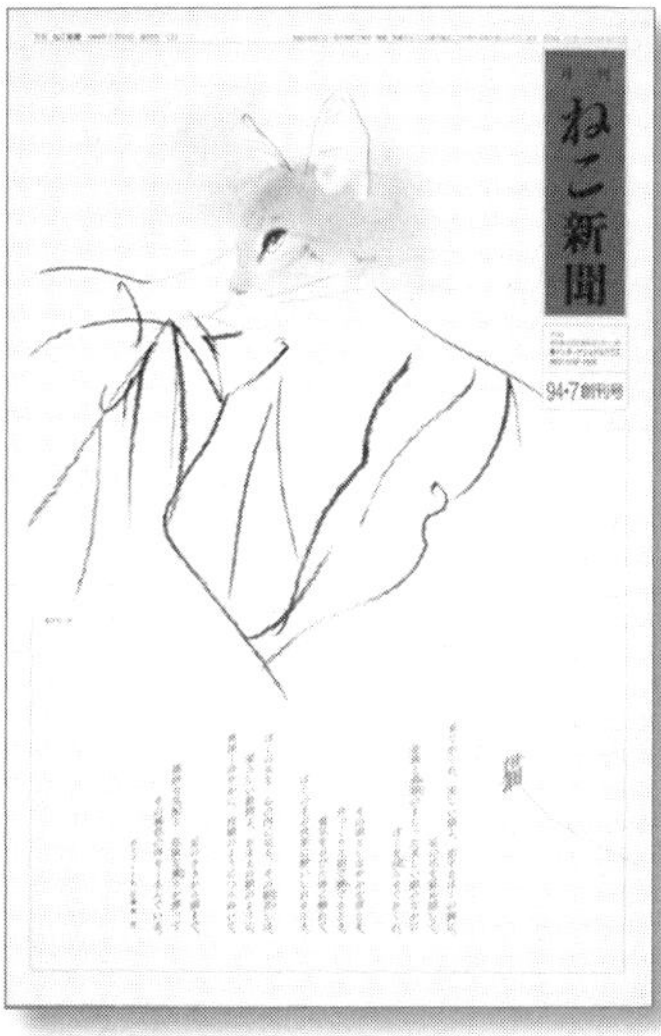

創刊号　1994年7月号

100号記念号　2008年6月号

購読のお申込み

月刊『ねこ新聞』は希望月からの年間予約制です。電話、FAX、HPで受け付けております。（代金は最新号をお送りする中に振込用紙を同封）
詳しくは下記までお問い合わせください。

有限会社 猫新聞社 月刊『ねこ新聞』
〒143-0025 東京都大田区南馬込 1-14-10
TEL: 03-5742-2828（コンナヨニ・ニヤーニヤー）
FAX: 03-5742-5187（コンナヨニ・コイノハナ）
E-mail: catist@nekoshinbun.com　HP: http://www.nekoshinbun.com/

生まれた猫本。

人間を虜にしてやまない
可愛らしくも妖艶な存在「猫」。
その魅力に酔わされた
42人が綴る愛猫エッセイ集。

『猫は音楽を奏でる』

定価：本体1,200円＋税
ISBN: 978-4-8124-9390-8

世界は猫を中心に廻ってる…
愛猫家ならずとも堪能できる
エッセイ集第二弾

角田光代、三浦しをん、恩田陸、北村薫、養老孟子、内田春菊、川本三郎、藤田宜永、小松左京…。その天性の魔力を武器に、人間様を意のままに操る「猫」。そんな猫が奏でる音楽に心を奪われてしまった42人の各界著名人が贈るハートフルエッセイ集。

一言では表せない尽きぬ魅力と
不思議さを備えた「猫」に
溺れ続けた各界著名人たちが
詠んだベストエッセイ集。

『猫は迷探偵』

定価：本体700円＋税
ISBN: 978-4-8019-0541-2

人と猫との優しく、謎めいた関係を
したためた珠玉のエッセイ51篇

人間にとって身近な存在でありながら「猫」ほど不思議な動物はいません。そんな猫の魅力に心を奪われ、その存在に翻弄され、悩まされ、振り回されてきた作家、エッセイスト、映画監督、マンガ家、女優、歌手…51名が猫への溢れる想いを綴った魅惑の1冊。

竹書房から

根っからの猫好きとしても知られる
SF作家小松左京にとって
心の支えとなった
猫たちにまつわる作品集

『小松左京の猫理想郷《ネコトピア》』

定価：本体2,500円＋税
ISBN: 978-4-8019-0881-9

宇宙の果てまで猫と一緒
日本ＳＦ界の巨匠と
猫との怪しい関係

無類の猫好きの開高健×中村紘子との猫談義。ＳＦ仲間の星新一&筒井康隆のハチャメチャなペット談義。萩尾望都、青池保子、かもよしひさの筆による小松左京と猫のイラスト。さらに、とり・みきの漫画や、小松左京自筆の猫マンガも掲載。

猫に心を奪われた
大人たちに贈る絵本。
『ねこ新聞』の表紙に描かれた
猫が主題の“絵画詩集”

『ねこは猫の夢を見る』

定価：本体1,600円＋税
ISBN: 978-4-8124-3692-9

猫を愛した画家、猫に愛された詩人
猫がテーマの〝名画〟と〝詩〟
32の組み合わせ

熊谷守一×与謝野晶子
茂田井 武×宮沢賢治
和田誠×寺山修司
宇野亜喜良×高橋新吉
小沢良吉×ボードレール
猪熊弦一郎×諏訪 優
竹久夢二、山城隆一、いわさきちひろ…

猫はあくびで未来を描く

2020年9月1日　初版第1刷発行

監　修　『ねこ新聞』編集部
発行人　後藤明信
発行所　株式会社　竹書房
〒102-0072
東京都千代田区飯田橋2-7-3
電話　03-3264-1576（代表）
03-3234-6301（編集部）
HP http://www.takeshobo.co.jp
印刷所　共同印刷株式会社

Printed in Japan
ISBN978-4-8019-2381-2